要の台所

落合由佳
Yuka Ochiai

講談社

要の台所

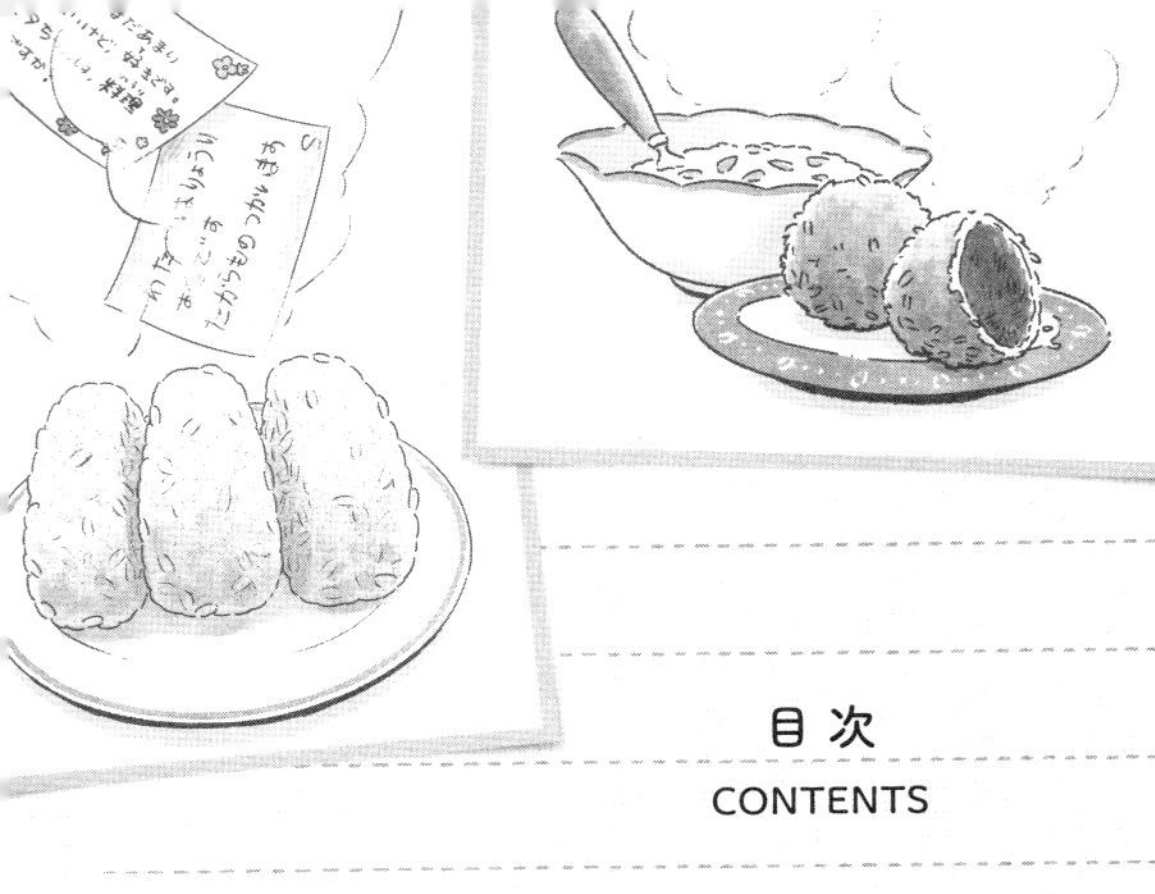

目次
CONTENTS

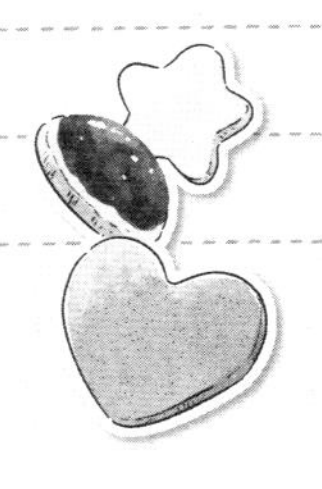

一章 レモンライスおむすび

「要ちゃんって、スパイスみたいな子だよね」

それがわたしに向けられた言葉だと、すぐにはぴんとこなかった。スプーンから給食のカレーがぼたりと落ちる。

えっ？ スパイス？

顔を上げると、同じ班の女の子たちが含み笑いを浮かべて、わたしの反応をうかがっていた。

「え、えっと……」

急いでここまでの会話の流れをさかのぼる。目の前の女の子はさっきまで、お父さんが作ったスパイスカレーの話をしていた。そして笑っていた。やたら気合を入れて、何種類ものスパイスを使ったくせに、実際に食べてみたら、レトルトのカレーと大してちがわなかったって。

と、いうことは。

『スパイスなんてあってもなくても同じ』ってことで。

それはつまり、わたしも……。

口の中が薬をなめたみたいに苦くなる。でもがまんして、わたしはあいまいに笑った。

「うーん、そうなのかなあ」

絶妙なさじ加減で含まれた毒には、気づかなかったふり。女の子たちは満足げに目配せしあうと、その中の一人が「そうだ」と両手を合わせた。

「今日の配膳台当番、要ちゃん代わってくれない？　わたし昼休みに用事があって」

いいよ、とうなずくより先に、女の子たちは次の話題に移る。わたしは再び黙って給食の続きを食べた。カレーは好きなのに、さっきまでおいしかったのに、今は味が遠い。だれも見ていないけど、今度はおなかいっぱいのふりをして、静かにスプーンを置く。

昼休み、配膳台を片づけてから流しで台拭きをすすいでいると、光ちゃんがやってきた。

「あれ？　要ちゃん何やってんの？」

「配膳台の当番を代わったの」

「え、また？　今度の相手はだれ？　わたしががつんと言ってあげる」

「ううん、いい、いい。だいじょうぶだから」

右手をグーにしてぶんぶん振る光ちゃんを止めた。がつんと、やっちゃいそうでこわい。

朝田光ちゃんは、中学に入って初めてできた友だちだ。

小学校では特別に仲のいい子はいなかったし、中学校に行ったら完全に一人ぼっちになっちゃうんじゃないかと、入学前は毎日不安だった。春休みのあいだは、台所に立つたびに『神様でも仏様でも、なんでもいいからなんとかしてください』と心の中で祈っていた。

叶ってよかった。

「要ちゃん、いやなことはちゃんといやって言いなって。じゃないと渡っていけないよ、世を」

「世？ ええと、そこまでいやじゃないよ。わたしがちょっとがまんすればいいだけだし」

光ちゃんはちちち、と舌を鳴らした。

「わたしの辞書に、『がまん』の文字はない」

「それ不良品だよ」

「ついでに『反省』もない」

「返品しなくちゃ」

「そしてわたしの目に、にんじんは見えない」

「わかった。また給食に出ちゃったらもらうね」

光ちゃんは目を覆っていた両手を離すと、いひひと笑った。その手でぎゅっとわたしの腕にしがみついてくる。すごく気が強いけど、甘え上手。そんな光ちゃんが好きだけど、わたしなんかといつまで友だちでいてくれるかな、なんてことも考えてしまう。

「さ、教室戻ろっ」

ぱっと手を離して、光ちゃんが先に歩き出す。置いていかれそうになって、わたしは急いであとを追いかけた。

廊下の窓から見える空は青く、ソフトクリームみたいな入道雲がもくもくと広がっている。

「もうすぐ夏休みだね。わたし、今年の夏は人生でいちばんいそがしくなるな」

「ああ、そうだよね。光ちゃんは運動部かけもちしてるもんね」

光ちゃんはとても運動神経がいい。五月に行われたスポーツテストの結果は、一年生女子の中でぶっちぎりの一位。すでに女子サッカー部に入っているのに、陸上部からも助っ人依頼が来て、今は二つを兼部している。

一方わたしは、運動はからっきしだ。五十メートル走なんて、スタートの瞬間に足がすべって転んだ。そのぶん勉強ができるかというと、全然そうでもない。

廊下ですれちがう子たちが、前を歩く光ちゃんにだけ声をかけていく。だんだんいたたまれなくなってきて下を向くと、上履きに書いた自分の名前が目に入った。

松永　要。

わたしのこの名前を、両親は『周りから必要とされる人になれるように』と願いをこめてつけたそうだ。

グループの中心。みんなのまとめ役。なくてはならない重要な人。

そんな存在にはなれないって、とっくのとうにわかってる。

わたしを『スパイスみたい』と言ったあの子たちは、たぶん正しいってことも。

「――で、要ちゃんは？」

「え？」

「夏休み。何するの？」

「わたしは……どうだろう」

もう一度、窓の外を見る。

真っ白な雲の、その向こう側に目をこらしてみたけれど、わたしには何も見えなかった。


家に帰って、制服を部屋着に着替えて、洗面所で手と顔をばしゃばしゃ洗う。一つにくくっていた髪をほどいて頭を振ると、重たい鎧を脱いだみたいに体が軽くなった。

お父さんもお母さんも仕事で、夜まで帰ってこない。お米を研いで炊飯器をセットして、朝使ったまま洗い桶に沈んでいる食器を洗う。それから居間のエアコンのスイッチを入れて、ソファでごろりと丸くなった。

ああ、静かだな。

学校で帰りの会が終わると、わたしのエネルギーはほぼ底をついてしまう。他の子たちみたいに部活をしたり、塾や習いごとに行ったりする余裕が、わたしにはない。

かちかちと、静かな部屋に秒針の音が響く。

この時間が、苦手だ。どんどん前に進んでいくみんなから置いていかれてしまう感じがする。クッションに顔をうずめていると、『夕方に悩むなんて、自らドツボにはまりに行くようなものだよ』とお母さんが言ったのを思い出した。ドツボってなんだろうと思って辞書で調べたら、肥だめのことだった。

はまっちゃだめだ。何かしなきゃ。

勢いをつけてソファから起き上がり、再び髪を結んで台所に向かう。わたしの住む団地は古く、台所は壁のタイルも床もなぜかくすんだきみどり色で、残念ながらおしゃれじゃない。道端で摘んできた花を空きびんに入れて出窓に飾って、少しでもすてきにしようとがんばってみたこともあったけれど、油や調味料が飛んですぐべたべたになるし、窓を開けた拍子にひっくり返すし、気づいたときには花もびんも消えていた。

家族三人で牧場に遊びに行ったときの写真が貼られた冷蔵庫の扉を開ける。卵、ある。バター、ある。使いかけのホットケーキミックスの粉も、まだある。

よし、フライパンクッキーを作ろう。

引き出しからビニールの保存袋を取り出す。そこへホットケーキミックスの粉と、砂糖と卵、電子レンジで溶かしたバターを入れて袋の口を閉じ、軽く振ってから手でもむ。生地をひとかたまりにしたら、あとは一つずつ形を作って、焼くだけ。

むにむにと、ひんやりした粘土をこねるような感触が気持ちいい。保育園で粘土遊びをするときは、いつもケーキとかクッキーとか、食べものばかり作っていた。

たしか、そのころに聞いた話がある。

台所には、神様がいるんだって。

家の火やかまどを守り清める、ちょっと厳しい神様がいて、台所を使う人たちを見守っているって。

教えてくれたのは、おじいちゃんだったか、お母さんだったか、それとも先生だったか。あやふやだけど、うちの台所にもいるのかなあと、わくわくしたことは覚えている。

うちの台所には、よその家の台所みたいにお札を貼ったりしていないし、神棚のようなものもない。ついでに言うと、かまどもない。

それでも、わたしが願いや祈りを抱いたとき、まず思い浮かぶのは神社や寺院じゃなくて、このきみどり色の台所だ。

生地を一口分くらいにちぎって、手の中でくるくる丸めてボール状にしたら、それを上から手でぺたんと押しつぶす。大きさは手のひらより小さく、厚さは五ミリくらいに。

すべての生地を丸めてつぶしたら、次はフライパンの準備。クッキングシートをフライパンに敷いて、その上に生地を並べる。あとはごく弱火で、ちょいちょい生地をひっくり返しながら焼いていけば、フライパンで作れる超かんたんクッキーのできあがり。

あと片づけを先にすませてから、小皿に数枚クッキーをのせて、わたしの部屋からベランダに出た。

蒸し暑い空気の中、焼きたてのクッキーを一枚かじる。さくっというより、ふにっとした食感。クッキーが割れて、バターの香りが口の中に広がった。

おいしい。

ちゃんと味を感じられて、ほっとする。今日のはちょっと甘さが強いかな。でも、甘さの後に少しの塩気が舌に残るのは、いい。無塩じゃなくて、有塩バターを使ったからだ。

初めてこのクッキーを作ったのは、わたしが小学五年生のとき。休みの日だけど、友だちと遊ぶ予定も何もなくて、家で本を読んでいたわたしに、

「要、いっしょにフライパンクッキーってやつを作ってみない？」

と、お母さんが声をかけてくれた。ネットでよさそうな時短レシピを見つけたから、と。

うれしかったけど、ちょっと不安にもなった。あんまり料理が好きじゃないお母さんは、時短

レシピのさらなる時短をもくろんではよく失敗する。『レンジでチンする卵焼き』を作ったときには、加熱の途中で卵液を混ぜるのを省いたせいで、スポンジみたいなごわごわの食感になってしまった。時短料理ってジェンガみたいだ。抜き取るブロックを読みまちがえれば、あっけなくくずれてしまう。

だからこのフライパンクッキーを作るときも、わくわく半分、はらはら半分だった。無塩バターがうちになくて、「甘さを引き立てるのは塩だから」とお母さんが有塩バターを使ったときは、もうだめだと思った。だけど意外にも、フライパンクッキーはおいしくできた。お母さんの言うとおり、お店で売っているクッキーにはなかなかない甘じょっぱさがクセになった。

「すごい、すごいね。うちの台所でも、おかしって作れるんだね」

興奮するわたしを見て、お母さんもうれしそうに笑って言った。

「そうだね。要は練習すれば、お母さんよりずっとおいしく作れるようになると思うよ」

って。

それ以来、わたしはときどき一人でこのクッキーを作るようになった。うまくできたときにはお父さんとお母さんにもあげる。本当は友だちにもあげたいし、いっしょに作ったりもしたいけど、実現はしていない。

クッキーののった小皿を室外機の上に置いて、わたしはベランダの柵にもたれかかった。

目に映るのは、団地の敷地内にある古いジャングルジムとベンチ、ぽつぽつと建つ一軒家に、林や畑。いつもと同じのどかな風景が、どうして今日はこんなにさびしく見えるんだろう。

だれか。口の中でつぶやいてみる。

だれか、だれか、だれか。

ぎゅっと目をつぶったそのとき、強い風が吹いた。あっ、と女の子の声がして、わたしの顔に白い何かがぶつかってくる。

「わっぷ、何⁉」

あ、これ、バスタオルだ。今の風で、おとなりさんの洗濯物が飛ばされてきたらしい。とりあえずたたんでいると、ベランダの仕切り板の向こう側から、そろりと顔がのぞいた。

一瞬、絵本の中のお姫さまが現れたのかと思った。

少しクセのある長い黒髪がふわりと夏の風になびいて、金色のピアスは陽を反射してきらめく。この子、外国人だ。日に焼けたような肌に、潤んだ黒い瞳。頰には、くっきりと涙のあと。

え、涙？

わたしは息をのんだ。女の子はぐいと目をこすり、わたしの手元を指差す。持っていたバスタオルをあわてて差し出すと、女の子は無言で受け取り、顔を引っこめようとした。

「まっ、待って！」

考えるより先に、声が出た。ここにいてと身振りでも伝えて、台所に走る。うちにある食器の中でわたしがいちばん気に入っている、スズラン模様のケーキ皿を戸棚から取り出し、残りのクッキーをできるだけきれいに並べて、女の子に差し出した。

「これ、よかったら、どうぞ。わたしが、作りました」

どきどきしながら、わたしとクッキーを交互に指差して伝える。女の子は目を丸くして、それから首を左右に小さく揺らした。

あ、やっぱり迷惑だったかな。

ごめんなさい、とわたしが手を引っこめるより先に、女の子は両手でお皿を受け取った。そしてわたしをちらりと見ると、音もなく仕切り板の向こうに消えた。


「うちのおとなりさんって、どこの国の人？」

お姫さまみたいなあの女の子のことが気になってしかたない。夕飯を食べながら、わたしはお母さんに聞いた。

「今日、ベランダで見たんだ。アジア系っぽい外国人の女の子」

泣いてたんだよ、とは言わないでおく。わたしも自分の涙を他の人には知られたくないから。

「ああ、その子はサリタちゃんだね」

仕事帰りに買ってきたからあげに箸を伸ばしながら、お母さんは言った。

「アディカリさんのお子さん。たしか、要より一つ年上って言ってたかな」

「あでぃかりさん？」

「そう。最近、ご家族三人で引っ越してきたんだよ。うちにもあいさつに来てくれたんだけど、言わなかったっけ？」

「ううん、聞いてない。それで、どこの国から来た子なの？」

「ネパールだって」

ネパール。

頭に世界地図を広げる。ネパールは日本の西側、たしか中国とインドのあいだにある国だったはず。チベットとの境にエベレストがあって、国旗が四角じゃなくて三角が二つ縦に並んだようなめずらしい形をしていて。ぱっと思い浮かぶのはそのくらいだ。

「お父さんは何年も前から日本に住んでて、ネパール料理のお店をやってるそうだよ。きっとその仕事が安定して、家族をこっちに呼び寄せたんだろうね。今は奥さんと二人でそのお店を切り盛りしてるんだって」

「ふうん。サリタちゃんはいつから日本にいるの？」

「ええと、去年お母さんといっしょに来日したって聞いたよ」

「じゃあ、そろそろ日本には慣れてきたかな」

「どうだろうね。生まれ育った国以外で生活するって、やっぱりすごく大変なことだから」

「そっか。そうだよね」

お父さんが二週間の海外出張から帰ってきたときのことを思い出す。お父さんは家に着くなり、納豆ごはんをおかわりして食べながら、

「言葉は全然わからないし、食事は口になじまないし。駅で切符一枚買うのさえなかなかうまくいかないから、まるで自分が小さな子どもになったみたいだったよ」

と、苦笑いしていた。もしわたしがサリタちゃんの立場だったら、小さな子どもどころか何一つできない赤ちゃんになってしまうかもしれない。

「お母さんはサリタちゃんとしゃべった？　日本語は通じたの？」

「サリタちゃんとは会ってないの。ちょっと元気がないらしくて、外にもあんまり出たがらないんだって。日中も、ずっと家に一人でいるみたい」

ということは、サリタちゃんはさっきも一人きりで、ベランダで泣いていたんだろうか。

その様子を想像すると、胸がきゅっと痛んだ。

「要もサリタちゃんのこと、ちょっと気にかけてあげて。せっかくおとなり同士になったんだし、それにサリタちゃんのご両親はすごくいそがしいみたいだから」

お母さんが心配そうに言い、わたしは「うん」とうなずいた。

「そのうち、いっしょにごはんでも食べられたらいいね。苦手な食べものとか、アレルギーがないかとか、今度ご両親に会ったら聞いてみようかな」

もう一度うなずいて、わたしはお母さんが作った青菜炒めを一口食べた。

「ん？　この炒めもの、ほうれん草と小松菜も入ってる？」

「うん。ほうれん草だけだと、かさが足りなかったから。冷蔵庫に小松菜あったし、同じ緑の葉っぱだからいいかなと思って」

「……へえ」

しゃきしゃきとふにふにの食感が混ざり合う炒めものをごくりと飲みこんで、ごちそうさまをした。自分の部屋に戻って、もう一度ベランダに出る。となりに人の気配はなくて、耳を澄ましてみたけれど、洗濯ハンガーがからからと揺れる音以外は何も聞こえてこなかった。

わたしとサリタちゃんは、とてもよく似たさびしさを胸に抱いているのかもしれない。

お互いのことをほとんど何も知らないのに、心の奥がかすかに共鳴する。しばらく夜空を見上げて、ふと視線を下に落とすと、仕切り板とコンクリートの床の隙間に何かカードのようなものが差しこまれているのに気づいた。

拾い上げて、月明かりに照らしてみる。

とめやはねまできっちりと、苦しいくらいにていねいに書かれた文字が、青みを帯びて浮かび上がった。

『おいしいでした　ありがとう
あなたは　りょうり　すきですか　S』

次の日、わたしは朝起きるなりベランダを確認した。ゆうべ、サリタちゃんからもらったカードの返事をすぐに書いて、仕切り板の下にはさんでおいたのだ。

『料理は、まだあまりうまくないけど、好きです。
サリタちゃんは、料理好きですか？　要』

漢字のすべてにふりがなを振って、かわいい花のシールもたくさん貼った。浮かれているのがバレバレの返事。なんだか字まで踊っているような気がしたけれど、しかたない。だって、家族以外の人に「おいしい」のひとことをもらえたのは、生まれて初めてだったから。

朝はまだわたしの返事は受け取られていなかったけれど、学校から帰ってきたときにはなくなっていて、代わりに新しいカードが置いてあった。

サリタちゃん、気づいてくれたんだ。

『わたしは　りょうり　すきです

たからもの　つかいます　S』

宝物？　料理に使う宝物ってなんだろう。何かすごく特別な包丁とか、フライパンとか？

カードの文字にそっと触れて、わたしはさっそく机に向かった。

『サリタちゃんが料理に使う宝物って、どんなものですか？　要』

そのカードへの返事は、

『たからものです　それは　ひみつです　S』

だった。秘密にされると、ますます気になる。もう少し仲よくなったら、教えてもらえるだろうか。

何度か夕方にベランダに出て、しばらく待ってみたけれど、サリタちゃんと再び顔を合わせることはなかった。ベランダだけじゃなくて団地内でも外でも会うことはなかった。でも、メッセージのやりとりは毎日続いた。

『料理の他に好きなことはありますか』とか、『誕生日はいつですか』とか。毎回、返事が楽しみだった。わたしは友だちと手紙交換をしたことがなくて、いつもただ見ているだけだったから、あの秘密めいたやりとりを自分もしていると思うと、胸がくすぐったくなった。

メッセージカードが十枚ほどたまったある日、わたしは帰宅してすぐベランダをのぞいた。

カードは……うん、今日もある。

「あ、かわいい」

『にほんのりょうり　きらい　あります
すき　あります　S』

日本の料理は好きですか？　と尋ねたわたしのカードへの返事に、白い三角のおむすびの絵が描いてあった。カードに絵が入っているのは、今回が初めてだ。

サリタちゃんは、おむすびが好きなのかな。

スマートフォンで外国人に人気のおむすびの具を調べてみると、ツナマヨという答えが多かった。ツナ缶なら、うちにもたくさんあったはず。

わたしは小走りで台所に向かった。朝の残りの冷やごはんを冷蔵庫から取り出して、ラップに広げる。冷やごはんの真ん中にマヨネーズであえたツナをのせて、サリタちゃんのおむすびの絵と同じくらいきれいな三角形になるように、ていねいに握る。それから表面に塩を振って、最後に海苔を巻いて、できあがり。

おむすびを二つのせたお皿を持って、ベランダに出る。

勢いで作っちゃったけど、サリタちゃん、いるかな？

ドアをノックするように、仕切り板をこんこんと軽く叩いてみる。しばらくすると、からからと網戸が開く音がして、サリタちゃんが仕切り板から顔を半分のぞかせた。

「サリタ、ちゃん」

うつむきがちなその視線に、わたしは花瓶に活けられた切り花を思い浮かべた。きれいで、繊細で、すぐにしおれてしまう花。わたしの握ったおむすびが突然野暮ったく見えてきて、耳がじわじわ熱くなる。

サリタちゃんはわたしの手元を見ると、小さく口を開けた。いったん仕切り板の向こうに引っこみ、戻ってきてわたしにお皿を差し出す。この前、フライパンクッキーをのせて渡した、スズランの柄のお皿だ。

「あ、ちがうの。お皿を返してほしかったわけじゃなくて、ええと」

わたしはあたふたと、サリタちゃんの持っているお皿におむすびを移した。

「おむすび、作ったから、あげる」

サリタちゃんは自分を指差して、わたしにくれるの？　と目で聞いた。わたしが大きくうなずくと、ほんの少し口の両端を上げて、ラップの上からおむすびに触れる。

するとサリタちゃんは、はっとおどろいたような顔をした。

「え？」

どうしたの？　とわたしが聞くよりも先に、サリタちゃんはおむすびののったお皿をわたしに戻した。

くっきりとした眉を困ったように寄せて、でもきっぱりと、ごめんねって言うみたいに。

夜になっても、わたしはおむすびを目の前にぼうっとしていた。

どうして、食べてもらえなかったんだろう。

作った料理への拒否は、わたし自身への『ノー』みたい。失恋ってこういう感じなんだろうか。そんなことを言ったら、大げさだよと笑われるだろうか。

何度目かわからないため息をついたとき、スマートフォンが鳴った。光ちゃんからの着信だ。

「あ、もしもし要ちゃん？　今、だいじょうぶ？」

「うん、だいじょうぶだよ」

電話口から聞こえる光ちゃんの元気な声。当たり前に言葉が通じることに、ほっとする。

「んん？　なんか声が落ちこんでるよ」

「え、そうかな」

「うん。要ちゃんわかりやすいもん。どしたの？　何かあった？」

まだほとんどしゃべってないのに。恥ずかしいけれど、小さな変化に気づいてもらえるのはうれしい。わたしはサリタちゃんのことと、さっきの出来事を光ちゃんに話した。

「へー、ネパール人の女の子かあ。っていうか、要ちゃんが料理できるなんて知らなかったよ」

「全然、できるってほどじゃないよ。今日のおむすびも失敗だったし。なんでだろう、よく知らない人が作った料理って、やっぱり気持ち悪かったのかな」

他人が作った料理を食べられない、そんな話を聞いたことがある。いすの上でひざを抱えると、うーん、と光ちゃんがうなった。

「気持ち悪いって思ってたら、手作りのクッキーも食べないよ。それに一度はおむすびを受け取ろうとしてくれたんでしょ？　だったら、他に何か理由があるんじゃない？」

あのおむすびがだめだった理由。なんだろう。もしかして具がいやだった？　でも、サリタちゃんにおむすびの中身は見えなかったはず。

「見た目が悪くておいしそうに見えなかった、とか？」

自分で言って情けなくなる。フライパンクッキーを渡したときみたいに、サリタちゃんに喜んでほしかった。なのに、おむすびさえおいしそうに作れないなんて。

「料理、うまくなりたいなあ」

光ちゃんはしばらく黙ると、「わかった」とおごそかに言った。

「じゃあ、わたしが話をつけとくから」

「話？」

「料理で困ったら、やっぱりあの人でしょ」

「あの人？」

とにかくまかせて！　と言い残して、勢いよく電話は切れた。

翌朝、教室でわたしの顔を見るなり、光ちゃんは言った。

「要ちゃん、夏休みのあいだだけ、料理習わない？」

「え？」

ぽかんとするわたしに、光ちゃんはずいっと顔を近づけた。

「わたし、料理の先生を一人知ってるんだ。もう話もつけた」

「え、ええっ？」

「その人はわたしのおばあちゃんの友だちでね、料理教室の先生とか、給食の調理師とかもやってたんだよ。ちなみに、習うのが要ちゃん一人だったら、材料とかお金とかは心配しなくてだいじょうぶ。そのぶん、特別なものは教えないって言ってるけど。まあ、おいしいおむすびの作りかたならすぐ教えてくれるよ」

料理を習う？　先生に？　話の早さに、すっかりおいてけぼりになっていると、

「要ちゃん、卵割れる？」

また唐突に、光ちゃんが聞いた。

「え、うん。卵を割れない人っているの？」

「それがいるんだよね」

光ちゃんは肩をすくめて笑った。

「正確には、いた、かな。天兄ちゃん、わたしのいちばん上のお兄ちゃんなんだけどね、最初は卵もまともに割れないくらい、料理できなかったんだ。でもその先生に教わるようになってから、ぐんぐん上手になった。小六のときにはコンクールにも出たし、今じゃすっかり、うちの台所の主だよ。そこまで天兄ちゃんを育ててくれた先生だから、要ちゃんにも紹介できる」

それを聞いて、あ、と思った。そういえば、光ちゃんのうちにはお母さんがいない。大人はお父さんだけで、だから家事は家族みんなで分担していると、前に話してくれたことがある。

毎日のごはんって、いつから自分で作るものになるんだろう。

料理初心者だった一人の男の子が、台所の主になる。その主を育てたすごい先生がいるなら、わたしも習ってみたい気もする。

何より、光ちゃんが信頼しているらしい人に、わたしをつなごうとしてくれているのが、うれしい。

わたしはいちばん気になることをたずねた。

「その先生、こわくない？　やさしい？」

数秒の沈黙。のち、光ちゃんは声を上げて笑った。

「だいじょうぶ！」

「だいじょうぶって何が？」

「慣れる！」

「慣れるって何に？」

まあまあ、と光ちゃんがわたしの肩を叩く。

「とりあえず一回、試しに先生のところに行ってみなよ。料理の基本にはやたらうるさいけど、悪い人じゃないからさ。明後日の終業式のあととかどう？」

「特に予定はないけど、その日は部活あるでしょ？　光ちゃんはいっしょに行かないの？」

「うん。夏休み中も部活の予定でびっしりだから、行くのはむり」

ええー、と情けない声がもれた。光ちゃんがいっしょじゃないならむりだよ、と断ろうとしたけど、光ちゃんの顔を見たら何も言えなくなった。

「要ちゃんも料理、好きなんだよね。それならがんばってみなよ。あの先生――がみババとなら、絶対おもしろいことになるから」

まるで大切なものを渡すように、光ちゃんはわたしの手をぎゅっと握った。

「これ、予言ね！」

二日後の夕方、わたしはスマートフォンを片手に、光ちゃんが送ってくれた住所と地図を確認しながら歩いていた。

わたしの住んでいる団地から光ちゃんの家までは、徒歩で三十分くらい。光ちゃんの家と先生の家はそんなに離れていないそうだ。

大通りを越えて、細い道を地図のとおりに進み、途中で小さな公園を横切る。昼間に雨が降ったせいか、湿気を含んだ空気の中に濃い緑のにおいがした。

これから会う料理の先生は、七十代のおばあちゃん、らしい。

わたしはおばあちゃんという存在になじみがない。お父さん方のおばあちゃんは遠くに住んでいてほとんど会えないし、お母さん方のおばあちゃんはわたしが生まれる前に亡くなっている。

がみババ先生。

名前は強そうだけど、いったいどんな先生なんだろう。もしかしたら、前に図書館の本で読んだ、絵本作家のターシャ・テューダーみたいな人かもしれない。白髪で、エプロンと紅茶が似合う、やさしくて知的なおばあちゃん。

木のにおいのする、小さくてかわいいキッチンで料理を教わったあと、花があふれる裏庭のテーブルでお茶をしたりなんかして。うわあ、すてき。

期待に胸をふくらませながら進むと、前方に古ぼけた小さなお店が見えてきた。立ち止まって、スマートフォンでもう一度、光ちゃんが送ってくれた地図を確認する。

うん、まちがいない。目的地の矢印は、あの『上村商店』というお店を指している。

さあ行こう、と足を踏み出したときだった。


「こぉらーーーっ！」


近所一帯のガラスが粉々に割れそうな、恐ろしい声がとどろいた。きゃあああと悲鳴が上がって、小さい子たちがお店の中から次々飛び出してくる。続いて、ひょろりと背の高いおばあさんが姿を現すと、

「肝試しならよそでやりなっ、このばかたれのちびどもがっ」

こぶしを振り上げて、逃げていく背中を追撃する。

……まさか。わたしは思わず後ずさりした。まさかあの人が、光ちゃんの言ってた料理の先生？

むり。むりむりむりむり、絶対むり！

不意に、おばあさんがこっちを向いた。わたしはあわてて顔をふせて、ほぼかけ足に近い早足で店の前を通り過ぎる。しばらく進んだところで、電柱の陰に隠れた。

わたしのこと、光ちゃんに紹介されて来た子だって気づいたかな？　どうしよう。あんなにおっかない先生だなんて聞いてないよ。このまま知らないふりして帰りたい。ああでもそんなことしたら、光ちゃんはどう思うだろう。せっかく先生を紹介してあげたのにって、わたしにあきれちゃうかもしれない。

何度も足踏みして、深呼吸をくり返す。電柱の陰からそおっと様子をうかがうと、目の前に顔があった。

ひっ！

赤いエプロンを着けたさっきのおばあさんが、仁王立ちしている。髪は後ろで一つにくくっていて、エプロンの胸元には、『上村商店』の文字。すぅー、と息を吸いながら、こめかみから流れ落ちる白髪のひとふさをゆっくりと耳にかけると、かっと目を見開いた。

「遅いっ！　料理する人間が時間を守れないでどうするっ」

「ひゃ……」

もう、悲鳴さえ出なかった。

盛大に雷が落ちたあと、わたしはせまい和室に連れていかれた。お店の入り口を入って右手、レジカウンターの奥の引き戸を開けた先にある部屋で、こっちはおばあさんの住んでいる家らしい。

和室には先客がいた。めがねをかけた穏やかそうなおじいさんは、わたしに「こんにちは」とあいさつすると、ちゃぶ台の上に広げていた紙をまとめて立ち上がった。

「それでは先生、メニューについてはまたご相談させてください」

「ああ、またね」

おばあさんを先生と呼ぶということは、このおじいさんもここに料理を習いに来ているんだろうか。部屋から出ていくおじいさんを見送ると、おばあさん――がみババ先生は、鋭い目でわたしを見やった。

「あんた、そろそろ名前くらい自分から名乗ったらどうだい」

「あっ、松永、要です」

わたしはちぢこまって答えた。

「ふうん。で？　いちいちあたしがうながしてやらなきゃ話もできないのかい？」

「あの、料理を。光ちゃんから聞いて。じゃなくて、ネパール人の女の子と知り合って、おむすびが。ええと」

「あせるな。麦茶を飲んで口を潤してから、順番に話しな」

言われるまま、出された麦茶に口をつける。その冷たさと濃い麦の香りで少し落ち着いて、事情をなんとか説明できた。ネパール人のサリタちゃんと知り合って、手作りのクッキーをあげたら喜んでもらえたこと。サリタちゃんは料理をするのも食べるのも好きらしいということ。日本食ではおむすびが好きみたいだけれど、わたしが作ったおむすびはなぜか食べてもらえなくて、それを光ちゃんに話したら、がみババ先生を紹介されたことを。

「なるほどね。で、そのサリタって子のために、料理を作ってあげたいわけか」

「はい」

「それはそれは。頼まれてもいないのに、ご親切なこったね」

そっけない反応に、あれ？　と思った。がみババ先生は、わたしに料理を教えることにあまり乗り気じゃないんだろうか。

とまどうわたしをよそに、がみババ先生は話を続けた。

「あたしは外国人の子に料理を教えたことがあるけど、たしかに、家のちゃぶ台に並ぶような料理への食いつきがよかったね。カレーとか、とんかつとか、それこそおむすびとかさ。アニメや動画で見たやつだーって」

「サリタちゃんは、カードにおむすびのイラストを描いてくれました。だから、おむすびが好きなのかなと思って、作ってみたんですけど」

「食べてくれなかった、と。ちなみにあんたはどんなおむすびを作ったんだい？」

「ツナマヨのおむすびです。冷やごはんに具を入れて握って、塩を振って海苔を巻きました」

「冷やごはん？」

がみババ先生の目が一瞬鋭く光った気がして、「でも」と急いでつけ足した。わたしはおっくうがってごはんを温めなかったわけじゃない。

「お母さんが、『おいしいお米の威力は冷やごはんでわかるよね』って。ひんやりしたおむすび、わたしも好きで。うちはいつも冷やごはんがあるし、それに暑いし」

「別にだれも責めちゃいないだろうに。まあいい、ちょっと来な」

がみババ先生が立ち上がる。今度はいったいどこに連れていかれるんだろう。びくびくしながら進んだ先で、がみババ先生の大きな手が勢いよく扉を開けた。

まばゆく清潔な光が、さっとわたしを貫く。

「わあっ」

扉の向こうは、銀色に輝く台所だった。中は銀色と白の二色で統一されていて、うちのきみどりの台所よりずっと広い。映画かドラマのセットみたいだ。

わたしは圧倒されながら、ぐるりとあたりを見回した。よぶんなものは一切なし。うちではあちこちに出ている調味料や調理道具なんかも見当たらない。ついでに飾りものもなければ、汚れもない。床も壁も流しも、見渡す限りのどれもが、つんと光を放っている。

なんだか、厳しい神様が上から見張っていそう。

「……こわい」

つぶやくと、がみババ先生は「悪くない感想だね」とうなずいた。

「刃物に、火、ガス。台所は危険なものを扱う場所でもある。こわいと感じられるなら、あんたはそれを肌でわかってるってことだ。さあ、準備しな」

料理教室はもう始まっているらしい。わたしは急いで家から持ってきたエプロンを取り出した。小学校の調理実習用に買ってもらった、グレーの無地のエプロン。実はリバーシブルになっていて、もう片面は白地に鮮やかなレモン柄だ。目立つのはいやだけど、かわいいエプロンを着けたいと言ったら、お母さんがずいぶん探して見つけてくれた。

グレーのほうが外側になるようにエプロンを着けて、蛇口がなぜか二つある流しで手を洗う。

「あんた、米の研ぎかたと炊きかたはわかってるんだろ？」

「ええと、はい。炊飯器でなら炊けます」

「ならよし。今日は塩むすびを作ろうと思ってたけど、気が変わったよ。レモンライスおむすびを作るとしよう」

「レモン、ライス？」

「ああ。ごはんとレモン汁、それにスパイスを炒めて作るんだ」

スパイス。その単語に、ぎくりとする。

「スパイスって、使う意味、あるんですか?」

「ああん?」

「なっ、なんでもないです」

がみババ先生にまじまじと見つめられ、わたしは背中に冷や汗をかいた。教わる料理に文句があるわけじゃない。ただ、不安になった。クラスメイトのお父さんが気合を入れて作ったというカレーと、同じことになるんじゃないかって。

スパイスの力を、わたしは信じられない。

「あんたが作って、食べて、判断しな」

答えは言わずににやりと笑い、がみババ先生は材料を調理台に並べる。ごはんと玉ねぎ、チューブ入りのおろしにんにくに、レモン汁、塩とこしょう。それと二種類のスパイス、ターメリックとクミン。どちらも粉状で、ターメリックは濃い黄色、クミンはうすい茶色をしている。

スパイスとレモン汁入りのごはん。いったい、どんな味になるんだろう?

「さて、じゃあまずは材料を量っていくよ。そこの引き出しから小さじを出しな」

「はい」

引き出しを開けると、スプーンが五本、ぴしりと整列していた。

計量スプーンって、大さじ・中さじ・小さじの全部で三種類じゃないの？　なんでこれは五種類もあるの？　どれが小さじで、どれが大さじ？

わからない。でも、わからないって言うのが恥ずかしい。

あてずっぽうでいちばん小さなスプーンを手に取ると、がみババ先生の目がぎらりと光った。

「わからないならわからないって言いなっ」

「はいぃっ」

「わからないのは悪いことじゃない。自覚して、わかろうとすりゃいいだけの話さ。わかったつもりになるのがいちばんよくないんだよ」

びしりと注意される。わたしは小さくなってあやまった。

「ごめんなさい。その、うちには計量スプーンがなくて。料理するときも、使わないから」

お母さんが味つけするときは、いつも目分量だ。わたしもクッキーを作るときは計量スプーンの代わりにテーブルスプーンを使っている。

料理の基本がなってないって、怒られるかな。

がみババ先生は、じっと身構えるわたしに聞いた。

「でも、あんたはそんな自分ちの料理が好きなんだろ？」

「え？　あ、はい。たまにおいしくないときもあるけど、好きです」

お母さんの作る料理は大ざっぱだ。でも、小学校で宿泊学習や修学旅行に行ったときは、早く帰ってお母さんのごはんを食べたいって、何度も思った。

「ならいいんじゃないかい。ただ、基本を知っておいて損はない。今日しっかり覚えていくんだね」

わたしはぽかんとした。

「なんだい、まぬけなツラして」

「がみババ先生は、料理の基本にうるさ、厳しいって、光ちゃんから聞いたので」

「ああ、そうだよ。でも、その一点だけで他人の料理の善し悪しを判断しやしないよ」

つん、とがみババ先生があごを上げる。わたしはほっとして、体から力が抜けた。

お母さんの料理を、否定しないでくれた。

がみババ先生って、もしかして本当は、やさしい人なのかな。

「おい、にやにやしてんじゃない。スプーンの柄に15って表示があるのが大さじ、5が小さじだよ。わかったらさっさと持ってきなっ」

「わあ、はいっ」

ううん、やっぱりがみがみこわい先生だ！

使うごはんの量は、お茶碗約二杯ぶん。それに対して、ターメリックとクミンは小さじ半分。

これだけでいいの？　と不安になってしまう量だ。にんにくはチューブから小さじ半分しぼり出して、ガラスの小皿に移す。

「玉ねぎは四分の一をみじん切りにする。やったことはあるかい？」

「あります。調理実習で習いました」

　がみババ先生にじっと見られながら、ぎこちなく玉ねぎをみじん切りにする。必要なぶんを切り終え、一安心して包丁を置くと、

「おやおやおや、早いねえ」

「え、みじん切りがですか？」

「気を抜くのがだよ」

　ほめられたのかと思ったら、ちがった。

「料理中に包丁を置くときは、たてじゃなくて横。刃は奥に向けて、万が一のけがを防ぐんだ。刃物に隙を見せようもんなら……ひーっひっひっひ」

　がみババ先生が鬼ババのように笑う。もうやだ。逃げ出したい。

「次は材料を炒めるよ。フライパンに油を入れて、まずはにんにく、次に玉ねぎを炒める。それからごはんとスパイスを加えて炒めて、塩こしょうで味を調える。最後にレモン汁を回しかけてさっと混ぜたら火を止めな」

言われたとおりの順番に材料を炒める。木べらでかきまぜると、しゃうしゃう、と軽やかな音。熱い湯気が顔にぶつかり、フライパンの中の材料が増えるにつれて、思わず深呼吸したくなるような香ばしいにおいがコンロの周りに広がった。

「――よし。もう火を止めていい。レモンライスを皿に移して、少し冷ましてからおむすびにしよう。そのほうが油が冷えて固まって、握りやすくなる」

「はい」

このあいだに道具やお皿を洗っておこう。そのほうがきっと早く帰れる。シンクの前に立ってスポンジを握ると、ほう、とがみババ先生がつぶやくのが聞こえた。

洗いものを済ませ、油の飛んだコンロと床も拭き上げてから、もう一度よく手を洗ってレモンライスを握る。ごはんがモロモロとくずれやすいけれど、少し強めに握ると、なんとか形になった。

「……できた！」

小皿にのった、三つのおむすび。ターメリックのおかげなのか、本当にレモンのような明るい黄色だ。

「うん、見た目はまあまあだね。味見に一つ食べてごらん」

本当はすぐに家に持ち帰って食べたかったけれど、わたしはおむすびを手に取った。

「い……いただき、ます」

そろりと一口かじると、「わあ」と声がこぼれた。

ごはんが、口の中でほろりとほどける。そうか、ごはんって粒なんだ。形を感じながらかみしめると、甘みと塩気、それにレモンの酸味がにじみ出る。クミンの、カレーに似たにおいをいっしょに飲みこんだら、体の中がさわやかに晴れ渡った。

おいしい。予想よりずっとおいしい。それに、何より……。

「スパイスが、生きてる」

「だろう?」

がみババ先生は胸をそらした。

「レモンだけじゃあこの風味は出ない。スパイスがあってこそのうまさなのさ」

わたしは何度もうなずいた。うなずきすぎて、ちょっとむせた。

「あの、がみババ先生はどうして、レモンライスおむすびを作ろうと思ったんですか?」

「じめじめ暑い日が続くと体がだるくなって、すっきりした味のものを食べたくなるだろう? そんなときはレモンがぴったりなんだ。レモンの酸味やスパイスの香りは食欲を増してくれるしね。ま、ネパールで生活してた子なら、湿気には慣れてるんだろうけどさ」

そう言って、がみババ先生は調理台の上にあるスパイスの小びんを手に取った。

「レモンライスは南インドの料理だけど、使ったスパイスはネパールにもあるものだ。なじみのある風味を感じりゃ、少しはサリタの心もなごむかと思ってね」

「それで、作りかたを教えてくれたんですか？」

「ああ。炊飯器で炊いて作る方法もあるんだけど、冷やごはんでちゃちゃっと作れたほうが、あんたには都合いいんだろ？」

さらりと言われて、わたしはあっけに取られた。さっきわたしが少し話しただけのことから、ここまで考えて教えてくれていたんだ。食べる相手のことも、作るわたしのことも。

こわいのか、やさしいのか。親切なのか、気まぐれなのか。

くるくる変わる印象に困惑しながら、わたしは恐る恐るがみババ先生を見上げた。

がみババ先生は、何もかもわかっているという顔で、ふんと鼻を鳴らした。


家に帰ると、わたしは急いで新しいノートを開いて、今日がみババ先生に教わったことを忘れないように書きつけた。レモンライスの作りかただけじゃなくて、大さじ小さじの見分けかたや、包丁の安全な扱いかたに、レモンやスパイスの効能。

そして、サリタちゃんがわたしのおむすびを食べなかった理由も。

お店からの帰り際、

「このおむすびなら、サリタちゃんも食べてくれるかな」

心配になってつぶやくと、がみババ先生はうなずいた。

「ああ、恐らくね。そもそも、あんたのツナマヨおにぎりだって、ちょっと工夫してやりゃ食べたと思うよ」

「えっ？　どういうことですか？」

目を丸くしたわたしに、がみババ先生は理由を二つ説明してくれた。

ノートを書き終え、持ち帰ってきたレモンライスおむすびを二つお皿にのせて、レンジで軽く温めてからベランダに出る。

時間は六時前。サリタちゃん、いるかな。

ベランダの仕切り板を軽く叩く。しばらくすると、サリタちゃんがそろりと顔をのぞかせた。

なあに？　というように、サリタちゃんはまばたきする。

「これ、レモンライスのおむすび。サリタちゃんに、作ったの」

聞き取りやすいようにゆっくり言って、お皿を差し出す。

がみババ先生から聞いた、わたしのおむすびをサリタちゃんが食べなかった二つの理由。

食材と、温度だ。

「あたしが料理教室で外国人の子を教えていたときに、海苔をいやがる様子をよく見たんだ。

真っ黒い見た目や、磯のにおいがどうにも苦手らしい。

あとは食文化として、冷たいものを飲んだり食べたりするのを避ける国の子もいたね。もしかしたらサリタも冷たいごはんを食べる習慣がなくて、それであんたの冷やごはんで作ったおむすびを食べなかったのかもしれないよ。ほかほかのごはんに慣れてると、常温のおむすびでさえ冷たく感じるもんだしね」

と、がみババ先生は言っていた。

このおむすびは冷たくないし、海苔も使っていないけれど、どうだろう。

どきどきしながら、首を伸ばしてサリタちゃんの様子をうかがう。サリタちゃんはちらりとわたしを見てから、おむすびに触れた。手に取って上からも横からも見て、鼻先に近づけて、一口かじる。

……食べてくれた！

わたしは思わず両手を握った。がみババ先生の言ったとおりだ。息を止めて、サリタちゃんが食べ終えるのを見守る。

最後の一口を飲みこむと、サリタちゃんは小さく言った。

「おい、しい」

想像していたよりも落ち着いた、涼やかな声。ぶわっと心がふくらんだ。自分でもびっくりするくらいに、体から外にはみ出すくらいに、大きく。

わたしはベランダの柵のすきまに足先を入れ、ぐいと身を乗り出した。

「わたし、わたしの名前は、要、ですっ」

胸に手を当てて、続ける。

「わたしは、料理が、好きです」

サリタちゃんは首を小さく左右に揺らして、一度顔を引っこめると、すぐにまた戻ってきた。

丸くて平べったい銀色の容器を、両手で大切そうに持って、わたしに見せる。

お弁当箱、にしてはちょっと大きい。サリタちゃんは容器のふたを開けた。中には同じ銀色の小さいカップが七つ並んでいて、それぞれに黄色や茶色の粉や種のようなものが入っている。これと似たものを、がみババ先生の台所でも見た。

「これは、スパイス？」

「たからもの」

その答えに、はっとした。いつかのカードに書かれていた、料理に使う秘密の宝物。それは、このスパイスたちのことだったんだ。

サリタちゃんは、きゅっと口の両端を上げた。

「わたしのなまえは、サリタです。わたしは、りょうりが、すきです」

風が吹く。わたしたちの髪がなびき、同時にたくさんのにおいを感じた。種類のちがうシャンプー、肌をつたう汗。レモンの残り香と、異国を思わせるスパイスの香り。

わたしたちの夏休みの、始まりのにおい。

二章
シナモン・ブルーベリージャム

「ねっ、予言のとおりだったでしょ？」

スマートフォンから、明るく飛びはねるような光ちゃんの声が聞こえてくる。わたしは図書館に併設された公園を歩きながら、「まだわからないよ」と笑った。

がみババ先生と会って、レモンライスおむすびの作りかたを教わり、そのおむすびをサリタちゃんも食べてくれた。そう伝えると光ちゃんはいっしょになって喜んでくれて、すごいすごいとほめてくれた。そんなことないよと答えながら、つい顔がほころんでしまう。

「で、次は何を習うの？」

「うーん、まだ決めてないんだ。また何か困ったりわからないことが出てきたりしたら、お店に行ってみようかな」

自分から進んで、どんどん会いに行こう！　とはまだならない。がみババ先生はすごいと思うし、また何か教わってみたいとも思うけれど、やっぱり、どうしても、こわい。

「光ちゃんのお兄さんは、がみババ先生のこと、こわくなかったのかな」

「こわい？　別に、がみがみ口うるさいだけじゃん」

光ちゃんはけらけら笑った。さすがだ。

通話を終えると、わたしは図書館に戻（もど）って本の続きを読んだ。ネパールについて書かれている本で、イラストや写真がたくさん入っていて、読みやすい。

中でも目をひかれるのは、料理の写真だ。

ごはんの周りにぐるりと野菜のおかずや豆のスープ、カレーの入った器（うつわ）が並（なら）ぶ、ダルバート。

小籠包（ショーロンポー）やギョウザにそっくりの見た目の、モモ。

スパイスの入ったコロッケのような、アルコチャップ。

どれもみんな、おいしそう。サリタちゃんはネパールでこういう料理を食べていたんだ。

わたしはどんどんページをめくった。ネパールでは一日二食が一般的（いっぱんてき）で、昼食は食べないけれど、午後にカジャというおやつをとる。手でものを食べる手食文化があるのと、宗教上（しゅうきょうじょう）の理由で牛肉や豚肉（ぶたにく）を食べない人が多いというのは、社会の授業（じゅぎょう）で聞いたことがある。「じゃあ、とんかつとか牛丼（ぎゅうどん）食えないじゃん」って、男子がびっくりしていたっけ。

国によって、食事の回数も、食べかたも、食べるものもちがう。同じ料理をおいしいと言いあって食べられるのは、実はすごいことなのかもしれない。

読み終えた本を閉じ、わたしは満足して立ち上がった。

おむすびを渡してから、サリタちゃんとベランダで顔を合わせる回数が増えた。今日も会えたから、図書館ならいっしょに行けるかと思ってさそったのだけれど、「いや」とはっきり断られてしまった。

気が乗らなかったのか、それとも、外はどこもいやなんだろうか。でも、ずっと一人で家にいるのも、心細くないだろうか。

いっしょに外出はできなくても、わたしがまた何か作ってあげたら、喜んでくれるかな。

何を作ろうかと考えながら図書館を出て、ぶどうの葉のアーチを通り抜け、団地までの道のりをてくてく歩く。途中で、汗を拭おうとポケットからハンドタオルを取り出すと、ぐらりと足下が揺れた。

わたし、ふらついてる？　ううん、これはちがう。

地震だ。

びりっ、と電流が背中を走る。横揺れだとはっきりわかるほどの揺れかただ。近くの家はきしむような音を立て、電線は大きく波打ち、道行く人も足を止めて不安げに周囲を見回している。

揺れは次第に小さくなって止まったけれど、わたしの心臓はまだばくばくしていた。今の地震は結構大きかった気がする。バッグからスマートフォンを取り出して地震情報を見ると、わたしたちの住むところは震度4と表示されていて、震源地はとなりの県だった。

情報が入って状況が理解できると、少し安心する。スマートフォンをしまおうとすると、お父さんから電話がかかってきた。

「要、だいじょうぶか？　ひさしぶりに揺れたなあ」

「うん、わたしはだいじょうぶ。お父さんは？」

「ああ、何も問題ないよ。ちょうど今、昼飯を買いにアディカリさんのお店に来ててな。弁当をテイクアウトするところなんだ」

お父さんの声の後ろから、ざわざわと人の気配が聞こえてくる。

「要は今、家か？」

「ううん、外。でも今から帰るよ」

「そうか。じゃあ帰ったら、サリタちゃんの様子を見てやってくれないか？」

「え？」

「サリタちゃんのご両親も心配してたんだ。あとで電話するって言ってたけど、こういうときって人の顔を見ると、ちょっと安心するだろう？　だから頼むよ」

「うん、わかった」

わたしは電話を切って、かけ足で団地に戻った。サリタちゃんの家のインターフォンを押したけれど、返事はない。どこかに出かけているんだろうか。わたしの家のベランダからも、仕切り板を何度かノックしてみる。

　すると、すぐにサリタちゃんが姿を見せた。

「サリタちゃん」

　柵から身を乗り出して呼びかける。でも、サリタちゃんは返事をしなかった。表情をこわばらせて、胸元であの宝物のスパイスボックスをぎゅっと握りしめている。もしかしたら、一人で家の中にいるのがこわくて、でも外にも行けなくて、ベランダに出ていたのかもしれない。

「サリタちゃん、だいじょうぶ？」

　たずねると、サリタちゃんは首を軽く左右に揺らした。

　このしぐさは前にも見たけど、『はい』の意味？　それとも『いいえ』？　どっち？

「けがは、ない？」

　やっぱり黙ったまま、今度は首を真横に振る。

　うーん、これは『いいえ』？

「こわかった、ね」

　これには、反応がない。

　困った。サリタちゃんの言いたいことがわからないし、わたしの顔を見たサリタちゃんが安心したようにも全然見えない。

こんなとき、ネパールの人にはなんて声をかければいいの？

あせっていると、さっき図書館で読んだ本に載っていた写真が頭に浮かんだ。写っていた子どもたちの、ちょっとはにかむような笑顔。

そうだ、わたしが不安そうな顔をしていたらだめ。笑わなくちゃ。

わたしは全力でにっこりした。

「だいじょうぶ、日本で、地震は、よくあることだよ」

サリタちゃんは、ぴくりと眉を動かした。

「さっきの地震は、びっくりしたけど。でももう、だいじょうぶ。こわくないよ」

なんだか、小さい子に言い聞かせているみたい。あはは、と声に出して笑ってみる。でもサリタちゃんは無表情だ。

なんだか、空気がますます張り詰めているような。

笑いながら冷や汗をかいていると、サリタちゃんはきっとわたしをにらみ、顔を引っこめてしまった。

「あっ、サリタちゃん？」

「わらう、なんで？」

とがった声に刺された気がして、わたしは思わず柵から離れた。仕切り板の向こうから、「わたし、わたし……」と、もどかしそうなつぶやきが聞こえる。

「サリタちゃん、あの」

「みんな、わらう。わたし、きらい」

みんな？　聞き返すよりも先に、からから、ぴしゃん、と網戸を強く閉める音が響く。

「あ……」

サリタちゃん、怒ってた。もしかして、地震をこわがっているサリタちゃんがおかしくて、わたしが笑っていると思ったのかな。

どうしよう。

半身を日差しにじりじり焼かれながら、わたしは呆然とその場に立ち尽くした。

わたしは、けんかをしたことがない。

とっくみあいはもちろん、言い争いになったこともない。悪口めいたものを言われたことは何度もあるけれど、あいまいに笑って気づかないふりをしてきた。

だから、仲直りのしかたもわからない。

夜になって、いつもより早めに仕事から帰ってきたお父さんとお母さんと夕食を食べるあいだも、サリタちゃんの傷ついたような声がわたしの耳から離れなかった。

「そういえば要、サリタちゃんには声をかけてくれたか？」

「え？　うん」

声はかけたけど、役には立てなかった。サリタちゃんを安心させるどころか、怒らせてしまったんだから。

そうとは知らずに、お父さんは「ありがとうな」と笑った。

「あの電話のあと、アディカリさんと少し話したんだけどさ。サリタちゃんのことをいろいろ心配してたよ。なかなか日本になじめなくて、前の学校も休みがちだったらしいんだ」

みんな、笑う。サリタちゃんはそう言っていた。たぶん、学校でだれかに笑われたり、何かをからかわれたりしていたんだろう。

わたしも、その子たちと同じだと思われちゃったのかな。

胸がつかえて、じゃがいもとさつまいものおみそ汁が落ちていかない。麦茶をごくごく飲んでいると、さらにお父さんが言った。

「だから要は、サリタちゃんと友だちになってあげなよ。な？」

い、い、い、い、
なってあげなよ、って。

サリタちゃんは、わたしと友だちになりたいって思ってないかもしれないのに。

黙っていると、お母さんが口を開いた。

「でもほんと、今日の地震はどきっとしたね。アディカリさんはこの地域の避難場所って知ってるかな。今度会ったら、念のために伝えておいたほうがいいよね」

「ああ、そうだな」

「あとでうちも非常食のストックを見直そう。災害は避けられないけど、備えておけば少しは安心できるし。要も手伝ってね」

いいようなずいて、はっとする。

停電中の暗闇に明かりが灯るように、次に作りたい料理が、頭の奥で光った。


数日間ぐずぐずと悩んだ末、わたしはようやく、がみババ先生のお店に足を運んだ。

レジにある呼び出しベルを思い切って鳴らす。しばらく待ったけれどがみババ先生は現れず、

「こんにちはー……」

何度もベルを鳴らす勇気がなかったわたしは、店内をぐるっと一周してみることにした。

段ボール箱やかごの飛び出すせまい通路を歩きながら、古い蛍光灯に照らされる棚を一つ一つ見て回る。ちょっとした日用品や食料品。駄菓子に文房具。飾りつきのヘアゴムが無造作に突っこまれた箱の横に、ホコリをかぶったシールの束やマスキングテープも置いてある。

あ、このマスキングテープ、葉っぱの柄がかわいいな。

手に取ろうとしたところで、ばあん、と引き戸が開く音がした。

飛び上がってレジのほうを見ると、がみババ先生が立っていた。今日は細い銀縁のめがねをかけていて、わたしは『アルプスの少女ハイジ』に出てくるロッテンマイヤーさんを思い浮かべた。

「おや、あんたか。さっきベル鳴らしたかい？」

「はい、あの、あの、非常の、備えが」

事前に言うことを考えてきたのに、がみババ先生の鋭い目で見られたとたん、ぜんぶ吹っ飛んでしまう。

「落ち着いて話せって前も言ったろう。まあいい、上がりな」

通された和室のちゃぶ台の上には、何冊もの本が開いてあった。ノートには文字や数字がびっしり書きこまれている。

「今、いそがしかったですか？」

「ああ、食堂のメニューを考えてたところさ。年寄りがみんなひましてると思ったら大まちがいだよ」

食堂？　がみババ先生は料理を教えるだけじゃなくて、食堂での仕事もしているんだろうか。

「すみません、じゃあ、また今度に」

「別にいいよ。あたしもちょっと休憩だ」

がみババ先生は鶴を思わせる細長い首をぱきりと鳴らすと、台所から麦茶を二つ持ってきてくれた。

「あの、この前のレモンライスおむすび、サリタちゃん食べてくれました。おいしいって、言ってくれました」

「そりゃ結構なことだね。で、今度は何が起きたんだい」

わたしがここに来た理由が、ほとんど見抜かれているみたい。恐る恐る、サリタちゃんとのトラブルについて話すと、

「つまり、地震で不安定になってるサリタの神経を、あんたのへらへら笑いが逆撫でしたってわけか」

ずばっと言われ、わたしはうなだれた。

「はい……。おかしくて笑ったわけじゃないって、伝えられなくて。外国人の子とうまく話をするのって、やっぱり難しいんだなって、思いました」

「日本人のあたしとだってうまく話してないけどね」

そのとおり。ますますうなだれるわたしをよそに、がみババ先生は話を続ける。

「ネパールも日本と同じで地震が多い国だって聞くね。何年か前、東日本大震災よりもあとに、ネパールでも大地震があったはずだ。テレビのニュースでもやってたけど、覚えてないかい？」

「覚えてないです」

「そうか。まあ、まだ慣れない国で地震にあったら、だれでもこわいだろうね。あの揺れはまあまあ大きかったし。で、仲直りはできたのかい？」

「まだです。ネパールの子と仲直りするにはどうしたらいいのか、よくわからなくて」

そう答えると、がみババ先生は薄く笑った。

「外国人の子、ネパールの子、か」

「え？」

「まだその段階か、と思ってさ。その調子だと、サリタと仲よくなるのはもうちょい先だね」

それは、どういうことだろう？

「あの、わたし、まちがってますか？」

「別にまちがっちゃいないさ。それで、あんたは今日お悩み相談しに来たわけじゃないだろう？何を作りたいんだい」

たずねられて、わたしは姿勢を正した。

「サリタちゃんに、非常食を作ってあげたいんです。これからの備えにも、お守りにもなるように。それを渡して、仲直りできたらいいなって思って」

そう言うと、がみババ先生は片眉を上げた。

「仲直りするのに、手土産が必要なのかい？」

「えっ？」

「これをあなたに差し上げますので、その代わり一つよろしくってか。ごめんって言うだけじゃだめなのかい」

「そういうつもりじゃないですけど……ごめんなさいだけだと、わかってもらえないかもしれないし」

わたしの言葉より、作った料理のほうが、わたしの気持ちを伝えてくれそうな気がする。

「ふうん」

興味なさそうに、がみババ先生は頰杖をつく。

この前も思ったけれど、わたしに料理を教えるのは気が進まないんだろうか。申し訳なくなって、わたしは下を向いた。

「本当は、お父さんとかお母さんに料理を教えてもらえたらいいんですけど」

「なんでもかんでも家族だけで解決する必要はないだろ」

がみババ先生は腕組みすると、長い息を吐いて立ち上がった。

「サリタの食べられないものとか、アレルギーはあるかとか、そのへんはわかってんのかい？」

「ええと、ネパールの人は牛と豚を食べない人が多いって本に書いてありました。水牛なら食べるそうです。あと、わたしのお母さんが聞いてくれたんですけど、サリタちゃんにアレルギーはないみたいです」

答えると、ふむ、とがみババ先生はうなずいた。

「非常食、非常食ね。まあ、ちょうどいいか。教えてやるよ」

「え、本当ですか？」

「ああ。でも、ただというわけにはいかないね。一仕事してもらうよ」

がみババ先生はにやりと笑って、わたしを見下ろした。


連れていかれたのは、お店の裏に広がる庭だった。

がみババ先生の台所の窓から見えていた庭だ。草が生え放題で、その中で青い小さな花が建物の壁に沿うように咲いている。野性味あふれる雰囲気で、手入れはあまりされていない。

草を刈ってきれいにして、もっといろんな種類の花を植えてあげて、それから白い丸テーブルといすを置いたら、おしゃれな裏庭になりそうなのにな。

「ほら、ここだよ」

地面に並べられたレンガをまたいで、がみババ先生は一本の木のそばに立った。こんもりと葉をしげらせて、四方に枝を伸ばした、がみババ先生の身長より高い木。

「これは、なんの木ですか？」

「ブルーベリーだよ」

そう言って、がみババ先生は親しみをこめた手つきで葉に触れた。

「りっぱなもんだろう？　ここまで大きく堂々と育ったブルーベリーの木はそうそう見ないよ。今年は実が大豊作で、一人じゃ採っても採ってもおっつかない」

「じゃあ仕事って、ブルーベリー摘みですか？」

がみババ先生は「そうだよ」とうなずくと、勝手口から家の中に入って、大きなボウルとタオル、それに麦わら帽子を持ってきた。

「摘んだ実はこのボウルに入れるんだ。タオルは首に引っかけといて汗をふきな。暑いからちゃんと帽子もかぶるんだよ。サイズは合わないかもしれないけど、がまんするんだね」

「あ、はい」

「わかったら、とっとと仕事を始めな」

しっしっと手を振って、がみババ先生は去っていく。

料理を教わる前に、仕事かあ。

ここでも雑用が回ってくるなんて。でも、草むしりをさせられるよりはまだましかも。

わたしはボウルを抱えて木に近づいた。甘いにおいにひかれたのか、木の周りをハチがぶんぶん飛んでいる。近くで見る葉は青々としていて、枝には実が鈴なりだ。指先にちょっと力を入れるだけですぐにぽろりと落ちてくる、ぷっくりと丸い青紫色の実。

ブルーベリーって、こんなに大きかったっけ。食べたことはあるけれど、どんな木に、どんなふうになっているのかも知らなかった。

実を摘む感覚が気持ちよくて、どんどん手を動かす。途中で数粒食べてみると、皮がプチッとはじけて、したたるような甘さと、さわやかな酸味が口の中に広がった。

うわあ、おいしい。

たまにつまみ食いをしながら、ボウルに半分ほどブルーベリーがたまったころ、

「おい、そろそろ休憩にしな」

がみババ先生が出てきて、わたしにサイダーの缶を手渡した。これ以上ないくらいに冷えたサイダーの、ぱちぱち弾けるのどごしに、ぎゅっと目をつぶる。

「ブルーベリーは食べてみたかい？」

「はい、甘酸っぱくておいしかったです。この木はがみババ先生が植えたんですか？」

「いいや、植えたのはあたしの友だちだよ。もう十年以上前になるかね」

ふっと笑って、がみババ先生は目を細めた。

「あの子がブルーベリーの苗木を持ってきて、ここの裏庭に植えさせてくれって頼んできたんだ。それなら自分んちの庭に植えて、孫のちびどもと実を摘めばいいじゃないかって言ったんだけど、ここがいいって聞かなくてね。『わたしの秘密基地を作るんだから』って」

ブルーベリーの木に語りかけるように、がみババ先生は続けた。

「ま、その気持ちはわかるけどね。学校や家以外にも、自分の基地とか、居場所があるといいと思うよ。心に余裕を持つためにもね」

「じゃあ、その友だちは今もここに来てるんですか？」

「あの子のことだから、気になってちょいちょい来てると思うよ。あたしにゃ見えないけどね」

「見えない？」

「ああ。今はあの世にいるから」

さらりとがみババ先生が言う。でも、悲しい響きはなかった。お別れをしたんじゃなくて、友だちがちょっと遠くに引っ越したというような、自然な口調だった。

「あ、その友だちって、光ちゃんのおばあちゃん？　どうやって仲よくなったんですか？」

やっぱり、料理がきっかけだったんだろうか。期待してたずねると、

「そうだけど、特別なことはしちゃいないよ。いろんなことを話すうちに仲よくなったんだ」

と、がみババ先生はそっけなく答えた。

「ええと、じゃあ、けんかをしたことはありますか？」

「そりゃあったよ。そのときもいろいろ話をして、仲直りした」

あれ、料理のエピソードが出てこない。首をかしげていると、がみババ先生はにやりとした。

「あたしの答えは期待に添えなかったようだねぇ」

「え、いえ、そんな」

「あんたみたいに料理で気持ちを伝えようとするのも悪かないよ。だけどね、料理に頼りすぎるな。大事なことは自分の口で言いな。でないと、相手にきちんと届かないよ」

心の中を見透かされたようで、ぎくりとする。

「でも、相手は外国人の子だし、言葉が」

「あのねぇ」がみババ先生はわたしをさえぎって続けた。

「世界にはたくさんの国があって、そこで生きる人間がいる。言語も習慣もさまざまだ。それでも、『ありがとう』と『ごめんなさい』の気持ちを知らないやつはいないはずだよ」

わたしの手から空になったサイダーの缶を奪うと、がみババ先生はずんずん去っていく。

しっかりしろと励まされたような、甘えるなと突き放されたような。複雑な気分で、わたしはボウルの中のブルーベリーを一粒つまんで口に含んだ。

やけに酸っぱかった。

その日は、ボウルに八割ほどブルーベリーを摘んだところで、家に帰るように言われた。

「こっちにもいろいろ準備ってものがあるし、疲れたあんたが台所に立ったってじゃまになるだけだからね。明日また来な」

野良犬を追い払うように店を出されて、その夜はお風呂に入ってすぐふとんに入った。学校に行っているときとはちがう疲れが、わたしをぐっすり眠らせた。

次の日、約束どおりお店に行くと、すぐに台所に通された。

銀色の台所は、今日もぴしりとした光を放っている。そこに主であるがみババ先生が立つと、台所が完成して、いきいきと動き出すように見える。

「さあて、それじゃあブルーベリージャムを作るとしよう」

「えっ、まだ仕事が続くんですか？」

「は？」

一仕事したら、非常食の作りかたを教えてくれるって言ってたのに。

「いえ、なんでもないです……」

「言いたいことがあるならちゃんと言いな。でないと相手はわからないよ。昨日も言ったろ」

じろりと鋭い目でにらまれる。こわい。だけどこのまま黙っているのもこわい。

「あの、今日は非常食を作ると思っていたので」

「だから今から作るって言ってるだろう。ジャムはいい非常食になるんだよ」

「え、ジャムが？」

ジャムが非常食になるなんて、初耳だ。

「そうだよ。砂糖を多めにして作って、しっかり真空状態で保管すれば日持ちするんだ。準備しておけば、避難中に口にできる貴重な果物になるよ。ビタミンCもとれるしね」

たしかに、避難所で果物を食べるイメージはない。もしわたしが不自由な非日常に放りこまれたら、日常で食べていた果物やおかしがすごく食べたくなる気がする。

がみババ先生は鍋にたっぷりの水を張って、その中にいくつものガラスびんを入れて沸騰させた。こうしてびんをしっかり煮沸消毒して、風通しのいいところに干すらしい。

そのあいだに、わたしはブルーベリーを水で洗い、準備してあった大きな両手鍋の中に入れて、火にかける。

「水は入れないんですか？」

「いらないよ。ブルーベリーから水分がだんだん出てくるんだ。そうしたら中火にして、さらに煮る。焦がさないように混ぜながらね」

木べらを動かすと鍋に当たって、こつ、こつと音を立てる。しばらくすると、まるでブドウジュースを入れたみたいに、ブルーベリーから出た水分で鍋の中がたぷたぷになった。

「ブルーベリーからこうやってじゅうぶんに水分が出たら、砂糖とレモン汁を入れる。砂糖の量の目安は、ブルーベリー全体の重さの半分ってとこだね」

「わっ、そんなに入れるんですか？」

がみババ先生は白砂糖をまるまる一袋入れ、さらに追加していく。そのカロリーを思って、わたしは身震いした。

「実に対して砂糖の量が多いほうが日持ちするんだよ。今回のジャムは非常食にしたいわけだから、たっぷり加えてやらなけりゃ」

「砂糖が多いと日持ちするのは、どうしてですか？」

「細菌やカビは、水を利用して活動する。砂糖はその水分を吸収して、菌の活動を抑えることができるのさ。だから糖度が高いほど、ジャムが長期保存できるようになるんだ」

へえ、砂糖にそんな力があるんだ。わたしは感心して鍋の中を見た。砂糖は太るとか虫歯の原因になるとか、悪いイメージばっかり持っていたけど、ちがうんだ。あとでジャムの作りかたといっしょにノートに書いておこう。

レモン汁も加え、木べらでブルーベリーをつぶし、白いあぶくのようなアクを取る。くつくつとジャムが煮えて、台所に満ちる甘酸っぱい空気を胸いっぱいに吸いこむと、体の内側から青紫色に染まりそうだ。

しばらく煮続けると、ジャムにとろみが出てきて、動かす木べらが重たくなった。

「よし、ここらで熱いうちにびんに移そう」

さっき消毒したびんにジャムを移してふたをする。これで完成かと思ったら、がみババ先生はお湯を煮立てた別の鍋の中にジャムのびんを入れた。

「ここでもう一度煮ると、味が変わるんですか？」

「いや、味のためにやってるんじゃない。これは脱気という作業で、空気をびんの中から追い出すんだ。空気がなくなれば細菌も生きられないからね。とことんやつらを追いこむのさ」

ひっひっひ、とがみババ先生が鍋をのぞきこみながら笑う。

「ジャムを作るのって大変ですね。特に、殺菌が」

料理をしていて、そこまで菌を気にしたことはなかった。

「ああ、大変さ。でもね、食べる人が安心して食べられるように料理をする。安全に、衛生的に。そこに手間を惜しんじゃいけない。料理の基本中の基本だよ」

がみババ先生は厳しいまなざしを鍋の中に注ぐ。その基本がいちばん現れているのが、この銀色の台所なのかもしれない。徹底的に整理されていて、冷たいほどに清潔で。

料理の基本中の基本。これも忘れずに、ノートに記録しよう。

できあがったブルーベリージャムは、黒く赤く、濃いルビー色をしていた。

一つびんを開け、味見させてもらう。できたてのジャムはまだ熱くて、ふうふう息を吹きかけてから口に入れると、目の前にちかちかっと星がまたたいた。頬の内側がしびれるくらい甘酸っぱくて、みずみずしさが指先にまでしみわたっていくような、恵みの味だった。

ジャムのびんを冷ますあいだ、わたしとがみババ先生は和室で休憩した。

がみババ先生は、牛乳と凍らせたバナナとブルーベリージャムをミキサーにかけたスムージーを、「駄賃だよ」と言って作ってくれた。甘くてさわやかで、凍ったバナナのしょりしょり感が残るうす紫色のスムージーは、一口飲むだけで空に飛び立てそうなおいしさだ。

ちびちびと大事にスムージーを飲みながら、料理ノートに教わったことをメモしていると、

「こんにちは」とお店のほうから声がした。

「おや、石川さんだ」

がみババ先生が立ち上がって出ていく。レジのほうをのぞくと、あのめがねをかけたおじいさんの姿が見えた。

石川さんと呼ばれたおじいさんは頭を下げて、わたしに微笑みかけた。

「またお目にかかりましたね。上村先生の新しい生徒さんですか？」

生徒、といっていいのかわからないけど、「はい」と答えた。

「ちょうど、その子とジャムを作ったところでね」

「そうでしたか。私は、食材の提供をしていただけそうなスーパーと農家のかたが新たに見つかりましたので、ご報告に来たんです。書類をお渡ししたらすぐ失礼しますので」

「いや、あんたもちょっと上がって涼んでいきな。顔が赤いよ」

がみババ先生は石川さんを和室に通すと、飲みものを用意しに台所へ向かった。そのあいだに、わたしと石川さんはあらためて自己紹介した。

「要さんは、上村先生からこれまでにどんな料理を教わったのですか？」

「レモンライスおむすびと、ブルーベリージャムです。石川さんは何を教わりましたか？」

「あ、私は上村先生の生徒ではなくて、元同僚です。いっしょに給食調理員として働いていたことがあるのですよ。今は、地域食堂の運営に協力していただいていましてね」

「地域、食堂？」

そういえばこの前、がみババ先生は「食堂のメニューを考えてる」と言っていた。

「それって、どんな食堂なんですか？」

「ふつうの食堂とはちょっとちがうんです。子どもも大人も、このへんに住む人ならだれでも低価格で利用できて、オープンは月に一回。場所は、今のところシェアスペースを利用しています。スタッフはみんなボランティアです」

「へえ……すごい」

「いえいえ、先月オープンしたばかりですし、まだまだ問題も山積みです。でも、退職してからも何か料理で人の役に立てないか、ずーっと考えていましたので、がんばっています」

石川さんはほがらかに笑う。そういうボランティアをするのは、もっと若い、だいたいお父さんとかお母さんくらいの年齢か、それよりちょっと上くらいの、おじさんやおばさんたちかと思っていた。

「よければ、要さんも食べに来てくださいね。あ、ボランティアとしてのご参加も大歓迎ですよ。もし料理が得意なら、調理補助をお願いしたいですね」

「え、い、いいえ。わたしなんて」

料理でボランティアをする自信なんてない。首をぶんぶん横に振ると、

「そうだね、足手まといはいらないよ。遊びや発表会じゃないんだからね」

戻ってきたがみババ先生に、あっさり同意された。それはそれで、ちょっとがっかりする。

がみババ先生は麦茶を石川さんに出すと、自分の前には湯気の立つティーカップを置いた。そこにブルーベリージャムと、小瓶から何かの粉を振り入れる。

「その粉はなんですか？」

「スパイスだよ。シナモンって知ってるだろ？　これがジャム入りの紅茶に合うんだ」

がみババ先生は背筋を伸ばしてティーカップに口をつけて、うん、と満足げにうなずいた。

湯気にのった香りが、わたしのほうにも届く。これと同じにおいを、サリタちゃんのスパイスボックスからも感じた。あの中にもシナモンが入っていたのかもしれない。

……だったら、こうするのはどうだろう？

「今日作ったジャムにシナモンを混ぜて、ブルーベリーとシナモンのジャムにすることはできますか？」

こわくて不安な思いをしたとき、わたしなら、自分の慣れ親しんだ味をだれかと口にしたい。そして、安心をわけあいたい。

サリタちゃんが地震におびえていたあの日、ブルーベリーとシナモンのジャムを入れた紅茶を、いっしょに飲めたらよかった。

「ああ、それはきっといい味になりますよ」

石川さんは笑顔で言い、がみババ先生もうなずいた。

「それなら、シナモンスティックをブルーベリーといっしょに煮て、ゆっくり香りを移したかったけどね。ジャムはもう密封してあるから、実際に食べるときに、ジャムとシナモンを混ぜろって教えてやりな」

「はい」

そうだ、せっかくだからもう一工夫しよう。お店の棚から一つ商品を取ってきて、がみババ先生に見せた。

「がみババ先生、このマスキングテープ、買いたいです」

ジャムのびんを抱えて家に帰ると、わたしはさっそく机に向かった。

葉っぱの柄のマスキングテープは、少し色あせているし全然売れないからもういらないと、がみババ先生が無料でくれた。

テープを数枚ちぎって、そのうちの一枚に『Blueberry Jam』と書いて、びんの真ん中に貼る。ほかのテープには『だいじょうぶ』、『Relax!』、あとスマートフォンでネパール語を調べて、『心配しないで』と書いて、それぞれびんを飾るように貼った。うねうねと線が踊っているように見えるネパールの文字は、書くのが難しかった。これで合っているかどうか、自信はない。

テープを貼ってにぎやかになったジャムのびんを両手で包んで、立ち上がる。ベランダに出て、思い切って仕切り板をノックした。

サリタちゃんは、いるだろうか。いたとして、わたしと会ってくれるだろうか。話をしてくれるだろうか。

胸の中でぐつぐつと不安が煮つまっていく。しばらくすると、サリタちゃんが顔を出した。眉をきつく寄せて、何か用？　と言いたげにわたしを見る。

重たい雰囲気に圧迫されて、苦しい。わたしも脱気してしまいそう。

「あの、これ……」

そろそろとジャムのびんを差し出す。すると、サリタちゃんの顔はますます険しくなった。しまった、順番をまちがえた。先にあやまらなくちゃいけなかったんだ。

「この前は、ごめんね」

声が震えた。サリタちゃんの表情は変わらず、ごめんなさいが伝わったのかどうかわからない。逃げ出したくなったとき、がみババ先生の低い声が耳によみがえった。

──大事なことは自分の口で言いな。でないと、相手にきちんと届かないよ。

──『ありがとう』と『ごめんなさい』の気持ちを知らないやつはいないはずだよ。

「……おかしくて、笑ったんじゃないの」

おなかに力を入れて、言葉を続ける。

「サリタちゃんを、ええと、元気に、したかったの」

「……げんき？」

「そう。もうだいじょうぶだよって、安心してほしくて、笑ったの。うまく伝えられなくて、ごめんね」

もう一度、あやまる。すると、サリタちゃんの眉と眉のあいだにこめられていた怒りが、ふっとやわらぐのがわかった。

「それでね、これ、サリタちゃんにあげたいの。ブルーベリージャムだよ」

もう一度差し出したジャムのびんを、今度は受け取ってもらえた。サリタちゃんはふしぎそうにびんをながめ、一点に目をとめてくすりと笑う。

「あ、もしかして、ネパールの文字、まちがえてる？　読める？」

「よめる」

「よかった。そのジャムにね、サリタちゃんのスパイスを、シナモンを混ぜると、おいしいよ」

わたしは身を乗り出してジャムを指差し、手でぐるぐる混ぜる動作をした。

「ジャム、シー、シナモン？」

「うん。でね、そのジャムは非常食だから、えーと、非常食ってどう伝えたらいいんだろう」

スマートフォンで検索しようと思ったけれど、部屋に置いてきてしまった。取りに行くあいだにこの空気が途切れてしまう気がして、わたしは知っている英単語でむりやり伝えた。

「エマージェンシーのとき、アースクウェイク、ピンチのときに」

話の途中でサリタちゃんはジャムのふたに手をかけた。止める間もなく、かぽっ、と音がする。

「あ」

開けちゃった。

サリタちゃんは家の中のほうを目で指して、「そと」と言った。

「外？」

「そと、でる」

そう言ってサリタちゃんは引っこんだ。今のは、わたしにも外に出てってことだよね？

玄関のドアを開けると、サリタちゃんがスパイスボックスとジャムのびんを持って立っていた。

仕切り板のないところで見るサリタちゃんは、わたしが思っていたより背が高かった。百五十五センチのわたしと十センチは差がありそうだ。Tシャツとショートパンツから伸びる手足はすらりと長い。わたしと一歳しか変わらないはずなのに、ずっとお姉さんに見えて、なんだかどぎまぎしてしまう。

サリタちゃんは通路にジャムのびんを置くと、スパイスボックスを開けて、薄い茶色の粉を小さなスプーンに山盛り三杯加えた。

「わ、わ、そんなに？」

シナモンの薬っぽい香りが漂う。サリタちゃんは迷いなくスプーンでジャムとシナモンをぐるぐる混ぜた。それからジャムをスプーンでひとすくいすると、「て」とわたしに言った。

手？　わたしが右手を出すと、指の先にジャムをのせられる。

「わっ！」

じ、直！

そういえば、ネパールの人は右手でごはんを食べるって本に書いてあったっけ。おどろいてばかりのわたしをよそに、サリタちゃんはもう一度スプーンでジャムをたっぷりすくって、口に入れた。

その目が、大きく見開かれる。

「おいしい」

「本当？　よかった！」

わたしは飛び上がった。このジャムはふたを開けてしまったからもう非常食にはできないけれど、まだまだブルーベリージャムはたくさんある。

今はこうして仲直りできて、ジャムも喜んでもらえたから、それだけでいいや。

サリタちゃんがわけてくれたジャムを、そっとなめてみる。
初めての仲直りは、甘酸っぱくてほんのりと苦い、少し大人の味がした。

三章 ダークネス・ギョウザ

カレンダーをめくって、八月の一回目の月曜日。

わたしは制服に着替えて、とかした髪を黒のヘアゴムで一つにくくった。

今日は、全校登校日。

約二週間ぶりの制服は着慣れない感じがして、肌にすぐなじまない。どこか変じゃないか、全身鏡に頭の上から足の先まで映してチェックして、がみババ先生と作ったブルーベリージャムを一びん、光ちゃんに渡すためにバッグに入れる。

玄関に立つと、もう帰りたいと思った。まだ、家を出てもいないのに。

昨夜はよっぽどゆううつそうな顔をしていたのか、

「登校日は授業もないんだし、休んだっていいんじゃない？」

と、お母さんに言われた。

「ううん、行くよ。光ちゃんと会ってしゃべりたいし」

安心させたくてそう答えると、お母さんは笑顔になった。心から笑っていると、ちゃんとわかる表情。いい成績を取るより、先生にいい子だとほめられるよりも、わたしに友だちがいることをお母さんは喜ぶ。

団地の外に出て、二階の、サリタちゃんの家のベランダを見上げた。

日本人のわたしが日本の学校に行くにも、思い切りや、勇気がいる。サリタちゃんはどうだったんだろう。日本の学校に登校したときはどんな気持ちで、教室にいたんだろう。

『みんな、わらう。わたし、きらい』

と、前にサリタちゃんは言っていた。みんなの中には、前の学校のクラスメイトたちも含まれているんじゃないかって、わたしは勝手に想像してる。

サリタちゃんのいないベランダに向かって、わたしは心の中で話しかけた。

わたしも、そんなに好きじゃないよ、学校。小学生のときから、ずっと。

学校に着いて、教室のドアを、音を立てないように開ける。

光ちゃんは教室の後ろの、女子の集団の中にいた。他のクラスの女の子も交ざっていて、みんな同じように日焼けしている。

「あ、要ちゃん、おはよー」

光ちゃんが手を振ると、そばにいた女の子たちの視線が一斉にこっちを向く。その中には、わたしを『スパイスみたい』と笑った子たちもいる。わたしはバッグを置くと、自分の白い腕をさすりながら、その輪の一歩外まで近づいた。

みんなは夏休み中の部活や塾について話し続けている。ぽんぽん飛び交う会話のラリーを、一つ一つ、ちゃんとうなずきながら聞く。

ふああ、と小さなあくびが聞こえてとなりを見ると、光ちゃんが眠そうに目をこすっていた。話にも気のない相づちを打つばかりで、自分からはほとんど口を開かない。

どうしたんだろうと思っていると、

「要ちゃんは、休み中何してた？」

急にボールが飛んできて、びくっとした。

「ええと、家にいたよ」

いけない、これだけじゃラリーが途切れてしまう。

「わたしは部活も塾もないから。家とか図書館で本読んだり、宿題したりして。あと」

料理も習い始めたんだよ、と言うよりも先に、

「そっかー。いいね、家でのんびり」

一人の女の子が横からさっとボールを持っていくように、言った。

「わたしなんて何もしないで家にいると親に怒られるよ。要ちゃんのうちはやさしいねー」

「そう、だね」

「でもさ、夏休みなのにずっと一人でいて、ひまじゃない？」

周りの子たちも薄く笑い、またすぐにラリーは再開する。笑いあえたんじゃなくて、笑われてしまった。そのことにいちいち、きちんと傷ついてしまう自分が、しんどい。

どんどん心細くなってきて、わたしはそっとみんなを見た。

同じ場所で、同じ日本語を話しているはずなのに、目の前のみんなをとても遠く感じる。

サリタちゃんもこんな気持ちで、教室にいたんだろうか。

待ちわびていたチャイムが鳴ると、だれよりも先に光ちゃんが輪を抜けた。さっきからちょっと様子が変だ。

「光ちゃん、だいじょうぶ？　もしかして具合悪い？」

「そんなことないよ。元気元気」

だけど光ちゃんはそのあともずっとぼーっとしていた。表情にも口調にもいつものキレがない。全校集会と担任の先生の話も終わり、クラスメイトたちが教室を出ていっても、光ちゃんは机につっぷしたままだ。

「光ちゃん」

「んー？」

「やっぱり、元気ないよ。何かあった？」

もし悩んでいることがあるのなら、聞きたい。光ちゃんはゆっくり上半身を起こすと、

「ん、ちょっとね。部活でいろいろあって」

と、だるそうに言った。

「そうなの？　よかったらわたし、話聞くよ」

「だいじょぶだいじょぶ、そんな深刻なことじゃないから」

でも、と言いかけて、止めた。光ちゃんは、わたしに言ってもしょうがないって思ってるかもしれない。わたしは部活のことも、スポーツのこともよくわからないから。

そのとき、廊下のほうから「光！」と声がした。ジャージ姿にスポーツバッグの女の子たちが、光ちゃんに向かって手を振っている。

「うちら一組でお弁当食べるから、先行ってるね。光も早く来なよ」

「はーい」

光ちゃんは短く息を吐くと、勢いをつけて立ち上がった。

「今日はお弁当持ってきてるの？」

「うん、このあと練習あるから。要ちゃんも、がみババとの料理特訓がんばってね」

光ちゃんが出ていって、一人きりになった教室で帰り支度をする。バッグを開けて、せっかく持ってきたブルーベリージャムを渡せなかったことに気づいた。

びんを手に取り、わたしはため息をついた。

光ちゃんまで、遠くなってしまったような気がして。


家に帰って、わたしは制服を着替えるよりも先に、台所に立った。

いつものようにビニール袋でクッキー生地をこねる。どんなに心がざわざわしていても手を動かしていると、まるで台風の目に入ったみたいに、すっと心が静かになるときが来る。

無事に焼き上がったクッキーを二種類、プレーンと、ブルーベリージャムを上から塗ったものをお皿に数枚ずつのせて、ベランダに出る。

仕切り板を軽く叩くと、すぐにサリタちゃんが顔を出した。

「あ、こんにちは」

少し間を置いて、涼やかな「こんにちは」が返ってくる。サリタちゃんはじっとわたしを見て、胸元を指差した。

「がっこう、ふく？」

しまった。制服姿のせいで、学校のことを思い出させちゃったかな。着替えてこようとしたとき、サリタちゃんがにこりとした。

「ふく、かわいい」

「えっ？　全然、全然そんなことないよ」

お姫さまのようなサリタちゃんにかわいいとほめられて、つい全力で否定してしまう。サリタちゃんはふしぎそうな顔をして、もう一度言った。

「ふく、かわいい」

「あ、そうか。制服が、だよね、うん」

かんちがいに恥ずかしくなって、わたしは笑ってごまかした。もしサリタちゃんがわたしと同じ中学校に転入するなら、この制服を着ることになる。白いシャツに、ブルーのリボン、同じくブルーのチェック柄のスカート。冬服に衣替えすると、この上に紺のブレザーを着る。きっと、わたしよりずっと似合うだろうな。

「今日、学校だったの。サリタちゃんは、何してた？」

「これ」

サリタちゃんが持っていたものを見て、わたしはのけぞった。

「わっ、セミ！」

体の両サイドをつままれたアブラゼミが、居心地悪そうに足をもぞもぞ動かしながら、たまにジジッと抵抗（ていこう）の声を上げる。

サリタちゃんはまるでペットをかわいがるように、人差し指でセミの背中（せなか）をなでた。

「セミ、好き?」

「すき」

「そっか。ええと、公園とかにいっぱいいると思うよ。捕（つか）まえに行く?」

「いっぱい、いらない」

「あ、そうだよね」

沈黙（ちんもく）が落ちる。でもふしぎと苦しくない。学校にいるときみたいな、しゃべらなくちゃ、というあせりもない。二人で黙（だま）ってクッキーをかじっていると、下から小さい子の笑い声が聞こえてきた。団地（だんち）の敷地内（しきちない）のベンチに女の子が二人で座（すわ）って、何か本を読んでいる。

「サリタちゃんも、本、読む?」

ページをめくるジェスチャーをしながら聞くと、サリタちゃんは軽く首を左右に揺（ゆ）らした。これは、イエスの意味の動作だ。最近になって、だんだんわかってきた。

「よむ。がっこうの、ほん。たくさん、よむ」

「学校の本?」

学校の図書館の本ってことかな? 首をかしげると、サリタちゃんはセミから手を離（はな）して、部屋から一冊の本を持ってきてくれた。

「べんきょうする、ほん。ネパールの」

「ネパールの、学校の、勉強する本？　これは、ネパールの教科書ってこと？」

サリタちゃんは再び左右に首を揺らして、教科書を開いた。文字は全部英語。英語の教科書かと思ったけれど、数字や数式がたくさん書かれているから、これはたぶん数学の教科書だ。

「すごい。英語で数学を勉強するなんて、すごい」

わたしはすっかり感心した。しかもサリタちゃんは、家で自分から学んでいるんだ。ネパールの子は、みんなこんなに勉強熱心なんだろうか。

「サリタちゃん、学校、好きだった？」

聞いてから、あ、と思った。サリタちゃんの表情が暗くかげる。ネパールと日本、どちらの学校を思い浮かべたのかは、聞かなくてもわかった。

「いや。いかない」

「そっか。……何が、いやだった？」

たずねると、サリタちゃんはじっと一点を見つめた。しばらく考えこんだあとで、「おひるじかん」とつぶやいた。

「お昼時間って、給食の時間？　学校の、給食が、おいしくなかった？」

「きゅうしょく……みんな、きゅうしょく。わたし、ランチボックス」

ランチボックス、ということは、サリタちゃんは家から持っていったお弁当（べんとう）をお昼に食べていたんだろうか。小学生のとき、食物アレルギーのある子がときどきお弁当を持ってきていたのを、わたしも見たことがある。

「みんな、みる。わらう」

「笑う？　なんで……」

「わらう。わたし、たべる、ひとり」

怒（おこ）っているようにも、悲しんでいるようにも見える表情（ひょうじょう）で、サリタちゃんは小さく言った。

周りからじろじろ見られて、笑われたりしながら、一人でお弁当を食べる。

想像（そうぞう）するだけでおなかがきりきりして、わたしはいてもたってもいられなくなった。

「サリタちゃん、ちょっと、待っててね」

「まって？　なに？」

「何かできないか、わたし、考えてみるから」

光ちゃんには頼（たよ）ってもらえなかったけど、サリタちゃんの助けにはなれないだろうか。

料理と、がみババ先生の力も借りて。

翌日、わたしは図書館に行って借りられるだけの本を借り、がみババ先生のお店に向かった。

「なんだいあんた、そんな大荷物抱えて」

「あの、これ、全部レシピ本なんです」

抱えてきた本をレジカウンターにどさりと置く。どれも、お弁当関係のレシピが載った本だ。

「お昼の時間がゆううつじゃなくなるようなお弁当って、どうしたら作れますか？」

ぴくりと、がみババ先生が片眉を上げる。

「ああ？　弁当？」

「はい、サリタちゃんが、お昼の時間がいやだったって言ってて、じゃあお弁当で力になってあげ、痛っ」

がみババ先生はわたしの鼻先を指ではじくと、深く息を吐いて和室をあごでしゃくる。いつものように上がらせてもらって、わたしは事情を説明した。

「――で、二学期になったら、サリタちゃんに週一くらいでお弁当を渡せるように、今から練習しておきたいんです。なので、がみババ先生に教えてもらいたいんです」

「いやだね」

即答されて、わたしは面食らった。

「え？　えっ？　なんでですか？」

「あたしが納得できないからさ」

「あの、ちゃんとサリタちゃんから話を聞いて、お昼の時間がいやだってわかったんです。本当につらそうで、だから」

「そんなのあたしにゃ関係ないね」

ひどい。わたしは唇をかんだ。がみババ先生って、こんなに冷たい人だったの？　地域の人のための食堂には協力するのに、どうしてサリタちゃんのためには力を貸してくれないの？

こうなったら、わたし一人でがんばってみるしかない。

のろのろと立ち上がりかけると、ちゃぶ台にがみババ先生のこぶしが落ちた。

「座りな。まだ話は終わってないよ」

わたしは素早く座り直した。

「よし。じゃああんたに聞くよ。サリタには親がいるはずだね？　その親が、『子どもの弁当を自分たちの代わりに作ってくれ』ってあんたに頼みでもしたのかい？　それとも、サリタ本人が『わたしのお弁当を作って』とでも言ったのかい」

「だれからも、頼まれてないです」

シャツのすそをぎゅっと握りしめて、続ける。

「でも、サリタちゃんの両親はいそがしいって聞いたし、日本っぽい、ふつうのお弁当を作るのはむずかしいかもと思って」

「弁当にふつうとか、日本っぽさを求める理由はなんだい？」

「クラスで仲間はずれにならないように、です。みんなと同じものを食べられないうえに、お弁当をじろじろ見られたりからかわれたりしたら、ますます苦しくなっちゃうから」

「食べられないいんじゃなくて、食べないいんだろうねぇ」

がみババ先生はにやりと笑った。

「あんた、だれの味方してんのさ」

一瞬、何を言われたのかわからなかった。

そんなの、決まってる。わたしは最初から、サリタちゃんの味方……なのに。

「周りとちがうからって仲間はずれにしたり、からかったりするやつらのほうが、どう考えたっておかしいだろ。なのになんでそいつらに合わせてやらなきゃならないんだい」

わたしはうつむいた。がみババ先生の意見は正しい。でも、わかってない。学校で、教室で、少数派になってしまうことの心細さを。仲間の輪から外されてしまわないように、わたしたちがどれだけ神経を使って日々を過ごしているかを。

大人は、どうして忘れてしまうんだろう。それとも、強い人にはわからないの？

「納得できないって顔だね。じゃあ百歩譲って、あんたが週に一回、サリタの弁当作りを引き受けたとしよう」

「はい」

「それ、何年間続けるんだい？」

何年？ え、年……？

「週に一回とはいえ、弁当作りは大変だよ。前日までに何を作るか決めて、材料を買って準備して、朝早く起きて調理する。前日の晩の仕こみが必要にもなるかもね」

淡々と、がみババ先生は続ける。

「しかも、ただ調理するんじゃないよ。昼まで傷まないか、持ち運びの最中に汁漏れしないか、サリタの食べないものが入ってないか注意しつつ、味と見た目にも気を配って作るんだ。材料だってただじゃないし、手間もかかる。神経も使う」

「……はい」

「それであんたが『もうむりだ』って弁当作りを途中で止めたら、相手はどう思うだろうね」

サリタちゃんの気持ちになって、想像してみる。怒るかもしれないし、悲しむかもしれない。突き放されたと、思ってしまうかもしれない。

心に余計な傷を、つけてしまうのかもしれない。

「そもそもね、あんたがむりして作った弁当を、サリタは心からおいしく食べられるのかい？」

はっとした。そして、うなだれる。

恥ずかしかった。

サリタちゃんのことを思いやっているつもりで、本当に『つもり』だったんだ。

顔が、上げられない。がみババ先生は短いため息をつくと、わたしが持ってきた本の山をぽんと軽く叩いた。

「一つ、宿題を出そうか」

「宿題？」

「ああ。サリタといっしょに料理をしてごらん。作るのはお互いの食べたいもの。作るときは家の人に協力を頼んでもよし。まずは二人でよく話して、作りたいものを決めて、あたしに報告しな。作りかたはあたしが教える」

突然、どうしたんだろう。その意図がわからずにいると、がみババ先生は近くの紙を引き寄せ、二つの漢字を乱暴に書き付けて、言った。

「『友』は、『共』からだよ」

図書館に逆戻りして、借りた本を全部返してからまた別の料理本を二冊借りて、家に戻った。

ベランダに直行して、仕切り板を叩く。顔を出したサリタちゃんに、さっそくたずねた。

「サリタちゃんが、好きな食べものは、何?」

「すきな、たべもの」

「うん。ちゃんと聞きたいって思って。サリタちゃんがセミを好きっていうのはこの前聞いたけど、食べものじゃないもんね。できればいっしょに作れるものがいいんだけど」

サリタちゃんが困ったような顔になる。しまった、一気にしゃべりすぎてしまった。

「サリタちゃんの、好きな食べものを、食べてみたいものを、教えてほしいの」

わたしは柵から身を乗り出して、図書館で借りてきた二冊の本を見せた。片方は日本の料理、もう片方はネパールの料理について書かれている本だ。

前に図書館で読んだネパールについての本と同じように、これも子ども向けの本だから、字が大きく、難しい漢字にはふりがなが振られている。イラストや写真の数も多いから、サリタちゃんも見やすいかと思って選んだ。

サリタちゃんは差し出した二冊のうち、日本の料理について書かれたほうを先に受け取った。柵の上に本をのせ、はらり、はらりとていねいな手つきでページをめくっていく。

「これ、しってる」

最初に指差したのは、桶に盛られた数種類のおむすびだ。

「そうだね、わたしも作ったよね。最初は失敗したけど」

「こっち、これも、しってる」

と、続いてカレーの写真を指差す。

「にほんでたべた。おみせで、おとうさん、おかあさん、わたし、たべた」

「日本のお店のカレーは、おいしかった？」

味を思い出したのか、サリタちゃんはきゅっと眉間にしわを寄せた。

「あまい」

「甘い？　日本のカレーが？」

「からい、からいカレー、すき。おとうさん、おかあさん、からいすき。たからもの、つかう」

サリタちゃんはスパイスボックスを持ってきてふたを開けると、腕を伸ばして中身をわたしに見せた。からいような、甘いような、複雑な香りが鼻に届く。

「この中の、どれを、カレーに使うの？」

「みんな。ぜんぶ」

「全部？　このスパイス、全部カレーに入れるの？」

七つあるスパイスを指差すと、サリタちゃんは首を左右に揺らした。これを全部入れたら、どんな風味のカレーができあがるんだろう。たしかに、日本のカレーとは全然ちがったものになりそうだ。

「ネパールでは、ほかに、どんな料理を食べてたの？」

ネパール料理の本を渡してたずねると、サリタちゃんはページをめくり、ごはんと野菜やスープのようなものがのったお皿の写真を指差してわたしに見せた。

「これ、ダルバート。あさは、おかあさんとわたし、つくる。みんな、たべる。わたし、がっこういく」

そう言って、わかる？ と確認するようにわたしを見る。わかるよ、とうなずくと、サリタちゃんは話を続けた。

「がっこう、べんきょうする。ともだちと、ランチボックスたべる。よるは、みんな、ダルバートたべる。おいしい」

「うん」

「これ、チャットパット。たべた。ともだちと。がっこうかえり、かう。あ、これ、キール。げんきすくないは、たべる。おばあちゃん、つくるじょうず」

「うん」

料理の話をするサリタちゃんの目が、澄んだ夜空にまたたく星のようにきらきらする。涼やかなその声を聞いているうちに、サリタちゃんのこれまでの時間が、フィルムになってわたしの頭に流れ始めた。

朝起きて、お母さんといっしょに作ったたっぷりの朝ごはんを食べて、学校に行く。お昼には友だちとお弁当を楽しんで、放課後は、ポン菓子に似たお米とインスタントラーメンを砕いたものが入ったチャットパットをみんなで買い食いする。そして夜は家族でいっしょにごはんを食べる。体調がよくないときには、おばあちゃんが牛乳と砂糖でお米を煮て、キールを作ってくれる。

ああ、と思った。サリタちゃんにはたくさんの大切な人たちがいたんだね。そして、その人たちから大切にされていたんだね。

たくさんの料理と人に囲まれて笑うサリタちゃんがくっきりと浮かんで、目の前にいるサリタちゃんに重なった。

二人で話し続けて、気づけば陽は西の空に溶けていた。アブラゼミに代わって、ヒグラシの澄んだ声があたりに響いている。

遠い未知の場所に旅をして、二人で同じお土産を手にここへ帰ってきたような、ふしぎな気持ちだった。サリタちゃんも同じだといいな、と思う。

「あっ。これ、これ」

サリタちゃんは大きく身を乗り出すと、本のあるページを指差し、わたしに手渡した。

「ええと、ギョウザ？」

おいしそうな焼き目のついたギョウザの写真が載っている。サリタちゃんはもう一冊の本も開くと、

「ギョウザ、モモ、ちかい。にてる」

今度はネパール料理のモモの写真を指差して、わたしに渡した。ギョウザにそっくりな形の料理だ。前にわたしも別の本で見たことがある。

「おとうさん、おかあさん、わたし、モモつくる。ギョウザつくらない。まだ、たべない」

「うん」

ギョウザは豚ひき肉を使っているものがほとんどだから、お店で買うこともないんだろう。

「わたし、モモすき。おいしい」

「そっか、だからギョウザも、食べてみたいんだね」

サリタちゃんは、「うん」と左右に首を揺らした。

ギョウザ。サリタちゃんといっしょにたくさん作って、わたしとサリタちゃんの両親とも食べられたら、楽しいかもしれない。

「ギョウザパーティーなんか、できたらいいよね」

「ギョウザ、パーティー？」

「うん。よかったらうちで、サリタちゃんもいっしょに、ギョウザ作ろう？」

サリタちゃんは「いっしょ、つくる」と小さくつぶやく。視線をさまよわせてから、わたしをまっすぐに見た。

「うん、つくる」

やった。わたしは手を叩いた。

サリタちゃんとギョウザパーティーをするなら、一つ、やってみたいことがあるんだ。


数日後、わたしはがみババ先生のお店を訪れた。

銀色の台所に、エプロンを着けて立つ。「さて」とがみババ先生はわたしを見下ろした。

「この前あんたから聞いたとおり、今日はギョウザを作っていくよ」

「はい」

サリタちゃんから食べてみたいものを聞いた翌日、わたしはがみババ先生に報告しに行った。

サリタちゃんと話をして、好きな食べものや、ネパールでの生活を知ったこと。ギョウザを食べてみたいと言われて、家族みんなで食べたら楽しいんじゃないかと思ったことも伝えた。そして、サリタちゃんとわたしの家族がおいしく食べられるギョウザの作りかたを教えてほしい、とお願いした。

黙って話を聞いていたがみババ先生は一言、「いいだろう」と、おごそかにうなずいた。

「まずは、基本のギョウザを作れるようになりたいです」

「まずは？　どういう意味だい」

わたしは思いついたアイディアを全部は話していなかった。怒られそうな気がしたからだ。

「ええと……基本じゃないギョウザも用意したいんです。パーティーだから」

「ああ、ギョウザパーティーだろ？」

「ダークネス・ギョウザパーティーです」

「なんだそれは」

「闇鍋のギョウザバージョンで、闇ギョウザです」

がみババ先生はこめかみに手を当てた。

「ごめんなさい」

「何が」

「食べもので遊ぶなって、怒ってるのかと思って」

「別に。い、い、あくまで食べられる範囲のものを作るぶんにはいいんじゃないかい」

「悪魔が食べられる……？」

「なんであたしを見るんだよ」

がみババ先生が豚ひき肉の代わりに用意してくれたのは、鳥胸肉のひき肉だった。他にテーブルに並んでいるのは、キャベツとニラ、にんにくとしょうがと調味料類に、ギョウザの皮。

「皮も自分で作ると、歯ごたえがあって小麦の香りもして、うまいんだけどね。そこまでやると時間がかかるから、今日は市販の皮を使うよ」

「じゃあ、手作りの皮はまた今度教えてもらえますか？」

今度、という単語がするっと出てきたことに、自分でおどろく。がみババ先生はなんでもないことのように「ああ」とそっけなくうなずいた。

「最初に野菜をみじん切りにするよ。まずキャベツをやっちまいな」

キャベツのみじん切りって、どうやるんだろう。玉ねぎと同じでいいのかな。迷いながら包丁を持つと、がみババ先生の目がぎらりと光った。

『わかったつもりにならないで、聞く！』料理ノートに書いた文字が、頭の中で点滅する。

「あのっ、キャベツのみじん切りって、どうやるんですか？　千切りはできるんですけど」

よし、と言うようにがみババ先生はうなずいて、キャベツを手にした。

「千切りしたキャベツを九十度横に向けて、また切るんだ。見せてやるから包丁を貸しな」

とととと、一定の間隔で刃がまな板に当たる。

料理が上手な人は、立てる音もちがう。とんとん何かを切るにしても、じゅうじゅう何かを炒めるにしても、その手が刻むリズムが耳に心地いい。

まな板の上に、あっという間に薄緑色の小山ができあがる。わたしもまねしたけれど、と、と、ととと、音がつまずく。がみババ先生のようにリズムよく切れないし、細かくなったキャベツが床に逃げる。

「速くやろうとしなくていい。そう、そのくらいの粗みじんでいいよ」

「あらみじん？」

「みじん切りってのは三種類あるのさ。みじん切りが二、三ミリ角に切ること。粗みじんってのは三、四ミリ。ごくみじんは一、二ミリだね」

「その数ミリを使いわけると、何か変わるんですか？」

「もちろん。火の通る速さも変わるし、食感も変わる。ものによっては風味やにおいが変わるよ。そうだね、ちょうどいいからにんにくで試してみよう」

がみババ先生はにんにくを素早く二種類のみじん切りにした。

「片方がごくみじん、もう片方が粗みじんだよ。ちょっとにおいをかぎ比べてごらん」

言われたとおりに、にんにくに鼻を近づけてみる。独特の、玉ねぎにも似た香りが鼻の奥でふくらんだ。交互ににおいをかいでみると、

「あれ？　少しだけど、ごくみじんのほうがにんにくのにおいが強い気がします」

「だろう？　にんにくの香り成分はアリシンっていうものでね。かんたんに言えば、こいつはに

んにくを切れば切るほど増えるのさ。逆に、にんにくの風味は欲しいけどあんまりにおわせたくないってときは、切る回数を少なくする。覚えておくといいよ」

「はい。人に会うときとか、にんにくのにおいって気になるし」

「『源氏物語』にも、そんな話が出てくるねえ。にんにくの薬を飲んだ女性が、においを気にして想い人に会えないって」

がみババ先生の知識は、食べものを始点にどこまで広がっているんだろう。その知識の一部をわけてもらうたび、わたしの世界も少しずつ広がるのが、楽しい。

野菜をすべて切り終えたら、キャベツとニラは塩を振ってもんで、しんなりしたら水分をしぼる。具がべちょべちょにならないように。それからボウルに鳥ひき肉と野菜を全部入れて、塩こしょうと、しょうゆにお酒、ごま油を加えてさらにこねる。にゅる、にゅると指の隙間からひき肉が逃げていく感触がちょっとくせになる。これでギョウザの具は準備完了。

予想はしていたけど、具を皮で包むのに苦戦した。

「ただ皮ではさむだけにしてもいいんだけどね。でもあんたは、いかにもギョウザって形のものを作りたいんだろう?」

「はい。『モモ』っていう料理に見た目を似せたいので、がんばります」

具をのせた皮のふちに水をつけ、ひだを寄せて包むのだけど、このひだがむずかしい。

「具をつめすぎだよっ。それじゃあ腹が裂ける」

「もっと細かくひだ作りなっ。ギョウザに見えないよ」

すかさずがみがみが飛んでくるけど、指がいうことをきかない。

「あのう、コツってありますか？」

「こつこつやれ」

それ、コツかなあ。でも本当にこつこつと数をこなすうちに、不格好だったギョウザがだんだんましな見た目になってきた。

「そういやあんた、夏休みの宿題はやってんのかい」

「はい。ペースは遅いですけど」

包み始めは無口になるけれど、手が慣れると口もだんだん動き出す。がみババ先生とわたしはぽつぽつと話をした。先生が光ちゃんのお兄さんに料理を教えたときのエピソードも聞いた。

「光ちゃんのお兄さんは、最初は卵も割れなかったって本当ですか？」

「ああ、本当だよ。米だってきちんと研げなかったし、みそ汁は量を加減できずに鍋いっぱい作っちまうし。でかいホットケーキを焼こうとして炭にもしたし。カレーに入ってる肉と魚の区別もつかなくて弟にあきれられて、必死にごまかしてたこともあったっけねえ」

「へえー。ふ、ふふふ」

次々と出てくるおもしろエピソードに、わたしは何度かがまんできずに笑った。

「そういや、光の顔を最近見ないね。どうでもいいけど、あんたは連絡取ってんのかい」

「登校日に会いました。光ちゃん、悩みごとがあるみたいで、ちょっと元気がなかったです」

「悩みぃ？　そりゃまたどうして」

「部活のことらしいんですけど、話してもらえませんでした」

光ちゃんの後ろ姿を思い出して、胸がちくりと痛む。

「……たぶん、わたしが頼りなくて、光ちゃんの役に立てないから」

がみババ先生は、やれやれと肩をすくめた。

「あんたさ、『どうせまずくなる』なんて思いながら料理はしないだろう？　人と人のあいだのことも同じだよ。悪いほうばっかりにとらえてると、うまくいくものもいかなくなる」

ギョウザにきれいなひだを作りながら、がみババ先生は話を続ける。

「だれかと友だちになるっていうのは、相手と一つの料理を作るようなものなんだよ。いろんな調味料や具材を足したり、ときには水で薄めたりしながら、二人がおいしいと思える味を根気よく探っていくんだ。自分だけががんばるんじゃなく、相手だけに任せるんじゃなく、お互いに力を合わせてね」

「……はい」

「あんたたちはその真っ最中なんだ。ちょっと思いどおりにならないからっていじけるんじゃないよ。うっとうしい」

これは、励(はげ)まされているのかな？

わからない。けれどしょうがを食べたときのように、おなかがじわっと温かくなる。

わたしと光ちゃんは、わたしとサリタちゃんは、今、どんな料理を作っているんだろう。

「ほれ、ぽけーっとしてないで手を動かしな」

「はい」

包んだギョウザは、今まででいちばんひだがきれいで、いい出来だった。

スーパーの駐車場(ちゅうしゃじょう)で、買った食材をお母さんと車に積みこむ。

「――よしっ、これでギョウザパーティーに必要なものは全部買えたよね」

「うん、そうだね」

がみババ先生からギョウザの作りかたを習った日の夜、わたしはお母さんに「サリタちゃんたちをうちに呼(よ)んで、ダークネス・ギョウザパーティーをしたい」とお願いした。お母さんは「ダークネス？」と目を丸くしたけれど、「いいよ」と言ってくれた。

「いいの？　本当に？　めんどうじゃない？」

あっさりオーケーしてもらえたことが意外で何度も確認すると、お母さんは苦笑いした。

「だいじょうぶだってば。サリタちゃんをうちに呼んで、ごはんを食べられたらいいねって前にも話してたじゃない」

「うん」

「それに今年はお父さんとお母さんの夏休みが合わなくて、要をどこにも連れていってあげられないから、せめてうちでパーティーくらいはしようよ。でも、いつのまにサリタちゃんと仲よくなったの？」

「ベランダでたまに顔を合わせることがあって、だんだん話すようになったの」

「へえ。それにギョウザなんていつ作れるようになったの？」

「六年生のとき、家庭科で習ったから。ちょっと復習しただけ」

細かいところは省いたけれど、どっちもうそじゃない。

お母さんはサリタちゃんたちの両親にも話をして、パーティーに誘ってくれた。残念ながらお店の仕事があるから参加はできないそうなのだけど、誘い自体は喜んでくれたらしかった。

「今夜はギョウザをたくさん作って、サリタちゃんに持ち帰ってもらおうね。サリタちゃんのご両親にも、あとで食べてもらえるように」

「うん」

「あ、そうだ、ビールがそろそろないんだった。ちょっと買ってくるから車で待ってて」

お母さんが小走りでスーパーに戻っていく。夕方の風が気持ちよくて、車に寄りかかって伸びをしていると、「要さん」と名前を呼ばれた。

「あ、石川さん。こんにちは」

石川さんは片方の手にスーパーの袋と虫かごのようなものを持って、もう片方の手で小学生くらいの小さな女の子と手をつないでいる。女の子はわたしと目が合うと、石川さんとつないでいた手を乱暴に振り払った。

「要さんもお買い物ですか？」

「はい。友だちとギョウザパーティーをするので、材料を買いました」

女の子は「パーティー」とつぶやくと、わたしを見上げた。その表情が少しさびしそうに見えて、どきっとする。

「パーティー、いいな」

「桜、お姉さんにごあいさつしなさい」

桜と呼ばれた女の子は、とたんに顔をしかめてそっぽを向いた。

「すみません。さっきからずっとへそを曲げていて」

「へそなんて曲げてないよ。おじいちゃんがいいもの見せてくれるって言うからしかたなくつい

「こないんだもん」

てきたのに、全っ然よくないんだもん」

桜ちゃんがいらだったように口をはさむ。石川さんは困ったように頭をかくと、

「桜の母親は仕事でいそがしいので、私がよく預かっているんです。さっきは公園に行って、この子を捕まえてきたんですけどね」

そう言って、透明なプラスチックの虫かごをわたしに見せた。中には木の枝が数本とセミの抜け殻が入っている。たしかに、いいものじゃないなと思ったら、抜け殻がもそりと動いた。

「わっ、これ、なんですか？」

「セミの幼虫です。この時期、公園の木の根元に結構いるんですよ。今晩中に羽化すると思うので、桜に見せてあげようと思ったんですが」

「いらない！　見たくないよ、そんなの」

桜ちゃんは口をへの字にする。セミに興味はないみたいだ。でも、サリタちゃんは喜ぶかもしれない。

「あの、もし桜ちゃんがいらないなら、この幼虫をもらえませんか？　友だちにセミが好きな子がいるんです」

「どうぞどうぞ。要さんは、セミの羽化を見たことはありますか？」

「ないです」

この茶色い殻の中にあのセミが入っているなんて、いまいち想像できない。どう見てもサイズが合わないような気がする。

「そうですか。とても美しいんですよ。よかったらそのお友だちと見てみてくださいね」

「はい、ありがとうございます」

帰っていく途中、桜ちゃんは何度も後ろを振り向いた。そのたびにわたしは小さく手を振ったけれど、桜ちゃんの手はかたく握られたままだった。


パーティーは、午後六時に始まった。

サリタちゃんが緊張しているかもしれないから、わたしがとなりに迎えに行った。玄関から出てきたサリタちゃんの表情はかたくて、あの銀色のスパイスボックスをお守りのように胸に抱えていた。

がみババ先生がわたしに出した、『サリタといっしょに料理をしてごらん』という宿題。うまくいくかな？　ちょっとだけ不安になる。

「サリタちゃん、いらっしゃい。今夜はたくさんギョウザを作って食べようね」

お母さんはサリタちゃんを出迎えると、ダイニングテーブルに新聞紙を敷いて、必要なものを並べていった。あらかじめわたしとお母さんで作っておいた、ギョウザの具を入れたボウルが二つに、ギョウザの皮。バナナとかジャムとか魚肉ソーセージとか、変わりダネ用の具材も。

「はい、これはエプロンね。洋服が汚れないように、着けるものだよ」

お母さんはサリタちゃん用にエプロンを用意してくれていた。サリタちゃんはエプロンを初めて見たのか、ふしぎそうに触っていて、お母さんが手伝って着けてあげた。

「うん、すてき！　すごくかわいい」

お母さんにほめられて、サリタちゃんがはにかむ。白地にブルーの花柄の涼しげなエプロンは、サリタちゃんに本当によく似合っていた。

「サリタちゃん、まずはここに、好きなスパイスを入れて、からーくして」

手を洗って、テーブルの前に腰を下ろしたサリタちゃんに、わたしは具の入ったボウルの片方を差し出した。サリタちゃんに味つけしてもらうために、わけておいたのだ。

「からく？」

「そう。からく。サリタちゃんの、好きなように」

サリタちゃんの持っているスパイスボックスを指差し、ボウルの中に入れるジェスチャーをする。サリタちゃんにも伝わったようで、左右に首を揺らすと、スパイスボックスを開けた。

ボウルの中をのぞきこみ、少し考えるそぶりを見せたあと、真っ赤なスパイスをスプーンですくってためらいなくばさばさ入れる。続いて、黄みがかった茶色の粉も。

「わーお、赤い粉はチリパウダーかな？　見るだけでからいね。よだれが出ちゃう」

サリタちゃんの手元を見ながら、お母さんがはしゃいだ声を上げる。

「お母さん、そんなにからいの好きだったっけ？」

「うん、大好き。特に唐辛子系のからさは最高ね」

「でも、お母さんの作るカレーはからくないよね？　他の料理も特にからくないし」

「そりゃそうだよ。家族のごはんを作るのに、なかなか冒険はできないもの。自分の好みを優先しても、みんなが食べてくれなきゃしょうがないしね」

お母さんは自分の好きな味よりも、わたしとお父さんの好きな味を考えて、料理をしてくれていたんだ。言われるまで気づかなかった。

今日、からいギョウザも作ることにして、よかった。

「ネパールの人は、みんなこういうからいものが好きなのかな」

「ネパールの人もそうかもしれないけど、サリタちゃんのお父さんとお母さんが好きなの。だからこのギョウザもからくするんだよ」

そう言うと、お母さんはちょっとおどろいたようにわたしを見た。それから「そうだね」と何度もうなずいた。

タネの準備が終わると、三人でギョウザ包みを始めた。わたしは一度がみババ先生と練習して

いるのに、具をつめすぎて何度か皮からはみ出し、お母さんはうまくひだが作れずに苦戦していた。サリタちゃんが三人の中でいちばん手早く、上手に包んだ。かと思うと、皮を引っ張りすぎて破いていた。失敗すればするほど、わたしたちは笑った。サリタちゃんも声を出さずに笑っていた。

どうにかこうにかすべての具を皮に包み終えて、あとは焼いたらできあがりだ。料理ノートをこっそり見て、手順をよく復習してから、わたしはコンロの前に立った。

熱したフライパンに油を引いて、まずはふつうのギョウザを並べる。焼き目がついたら上からお湯を入れてふたをして、蒸し焼きにする。

「いいかい、ギョウザを焼くときはよーく耳をすませるんだ。焼いてるときの音がしゅわしゅわからパチパチになったら、ふたを取るよ」

と、がみババ先生に教わった。両手を耳に当てて、ついでに目も閉じる。水が沸騰するような音がしばらく続いて、そこに油のはじけるパチパチ音が混ざり始めた。

今だっ！

えいっとふたを開けると、もわっと蒸気が立ち上がった。ときどきフライパンを揺らして、水分がなくなるまで焼いたら、完成だ。

お皿に移したギョウザは、きれいなきつね色の焼き目がついて、つやつやしている。

「ひゃーおいしそう。みんなで味見しよう、味見味見」

お母さんが小皿を三枚出して、それぞれにしょうゆと酢を注ぐ。焼きたてを一口かじると、

「ほわあ……！」

かりっという歯ごたえのあとに、熱々の肉汁と脂がじゅわっとしみ出した。にんにくとしょうがが、かむたびに強く香る。豚ひき肉を使うよりさっぱりした味で、でもしっかりジューシーだ。

サリタちゃんは、気に入ってくれるかな？

となりのサリタちゃんはまだギョウザに口をつけず、わたしたちが食べるのを見ている。「サリタちゃんもどうぞ」とお母さんがすすめると、やっと箸をつかんだ。

上からも下からもギョウザをながめて、そろりと口に運ぶ。

その目が、きらりと輝いた。

「おいしい」

がみババ先生！　わたしは心の中で声を上げた。

宿題はバッチリです。今のサリタちゃんの表情を、がみババ先生にも見せたいです。

大量のギョウザを焼き続けているうちにお父さんも帰ってきて、わたしたちは四人でテーブル

を囲んだ。

それぞれのお皿にランダムでのせたギョウザを、わたしたちは次々に頬張った。サリタちゃんはギョウザを何個も割って観察してから、興味深そうに口に運んでいた。

変わりダネの反応もまずまずだった。魚肉ソーセージとチーズを入れたギョウザに、バターとチョコレートを入れたギョウザ。バナナとイチゴジャムのギョウザに当たったお父さんは首をかしげて、「意外にいけてしまう」と笑った。

少しこげたり、皮が破れたりしたものもあるけど、上出来だ。勢いよくギョウザをかじると、

「……んっ、からい！」

口の中がびりびりして、わたしは犬みたいに舌を出した。これは当たりだ！　あわてて水を飲みながらとなりを見ると、サリタちゃんが割っていたギョウザから赤い色がのぞいていた。

あ、あれも当たりだ！

サリタちゃんは当たりギョウザをひょいと口に入れる。でも、特におかしな反応はない。

「えっ、サリタちゃん、からくないの？」

「おいしい」

汗一つかかず、涼しげな表情で当たりギョウザを食べ終えたサリタちゃんは、涙目になって鼻もぐずぐずいわせているわたしに、いたずらっぽく言った。

「かお、へん」

「ひどい。本当にからいんだもん、これ」

半泣きで言うと、お父さんとお母さんが笑った。サリタちゃんもいっしょになってくすくす笑っている。その様子を見ていて、ふと思った。

サリタちゃんは、本当はきらいじゃないのかもしれない。それどころか、実は求めていたのかもしれない。人の中にいることも、おしゃべりすることも、だれかと楽しく料理を作って食べることも。

わたしと、同じように。


ギョウザを食べ終えて、あと片づけをみんなで済ませてから、わたしはサリタちゃんを部屋に呼んだ。

「サリタちゃんに見せたいものがあるの。ほら」

虫かごの中で、幼虫は木の枝にとまってじっとしている。きょろきょろしながら部屋に入ってきたサリタちゃんに見せると、これがどうかしたの？　と言いたげな顔をした。

「この子、セミの幼虫なんだよ。今夜、この幼虫が、羽化するんだって」

「うー、うか？」

「うん。この虫が、セミになるの。ええと、なんて言ったらいいんだろう。変身？」

スマートフォンでセミの羽化の写真を見せて、「幼虫が、こうなるんだよ」と指差した。するとサリタちゃんはわかってくれたようで、虫かごに顔を近づけた。

「うか、みる」

「うん、まだ時間かかると思うけど、見よう」

床に置いた虫かごを、わたしとサリタちゃんは並んで見つめた。だんだん座っているのに疲れてきて、二人とも腹ばいになって寝転んだ。

おなかがいっぱいで、ついうとうとしかけたところで、

「あっ」

サリタちゃんの声で目が覚めた。木につかまっている幼虫の背中が真ん中から縦に割れて、中から薄い茶色の体がのぞいている。十秒に一度くらいもぞもぞともがき、そのすぐ傷ついてしまいそうなからだで、固い殻を押し広げていく。

わたしたちは息をのんで、その光景を見守った。

「痛そう」

思わずつぶやくと、サリタちゃんがちらりとわたしを見た。セミはそのあとも時間をかけて全身を外に引っ張り出し、抜け殻にぶら下がった。

出てきたばかりのセミは白っぽく、背中で縮こまっていた羽が少しずつ広がっていく。透きとおって、葉脈のような筋が走る羽を伸ばしたセミは、内側からほのかに発光しているようだ。

ふと横を見ると、サリタちゃんも虫かごの中をひたと見つめていた。明日の朝、このセミを逃がそうと約束して、その日は解散した。

翌朝、セミはすっかりアブラゼミになっていて、昨日は神秘という言葉がぴったりだったけど、世の中のアブラゼミと同じ茶色に染まったその姿は、いかにも日常って感じだった。

ベランダで虫かごの中をながめていると、サリタちゃんが仕切り板の向こう側から顔を出した。

「あ、サリタちゃん、おはよう」

「おはよう」

「今、何してた?」

「にほんご」

と、手にしていた日本語のテキストを軽く振る。それを見て、サリタちゃんも準備をしているんだと気づいた。

殻の内側で傷をいやしながら、外に飛び立つそのときに向けて。

周りの助けは必要だけど、サリタちゃんはきっと、ただ助けを待っているだけの子じゃない。

「セミ、飛びたがってるよ」

虫かごを差し出すと、サリタちゃんはそっとセミをつまんで手のひらにのせた。

羽化を成し遂げたセミは小さく鳴いて、勢いよく飛び立っていった。

四章
キール&ツナカレーコロッケ

朝、お母さんに頼(たの)まれてゴミ捨(す)てに行こうと家を出たら、ちょうどとなりのドアも開いた。サリタちゃんのお父さんとお母さんだ。これからお店に行くんだろうか。初めて会う二人にどきどきしながらあいさつすると、

「あなたが、要(かなめ)さんですか?」

「はい」

「ありがとうございます」

いきなりお礼を言われて、びっくりした。

「要さんがサリタと仲よくしてくれるので、サリタは楽しそうです。この前のギョウザも、おいしくて、作るのも楽しかったと、何度も言っていました」

流暢(りゅうちょう)な日本語で、お父さんが言った。

「わたしも、サリタちゃんとしゃべったり、何かを作ったりするの、楽しいです」

「そうですか、よかった」

サリタちゃんのお父さんとお母さんは微笑んだ。

「私たちは、日本で、家あります。食べもの、着るものあります。生活できます。でも、それだけでは足りないのです。だれかと話をしたり、お茶を飲んだりしたいのです」

サリタちゃんのお母さんは、そっとわたしの手を取った。温かなその手に、きゅっと力がこもる。

「だから、ありがとうございます」


午後、自分の部屋で机に向かっていると、こんこん、とベランダのほうで音がした。シャーペンをぱっと手放して、窓を開ける。

「サリタちゃん」

サリタちゃんは仕切り板の向こう側から手を振った。ダークネス・ギョウザパーティーをしたあの夜以来、サリタちゃんのほうからもこうして呼んでくれるようになった。

「サリタちゃん、何してたの？」

「ほん、よんだ。いま、おやすみ」

「そっか。じゃあわたしも休憩する」

手すりにもたれたまま、二人でしばらくぼーっとする。今までは、だれかといっしょにいるときに、こんなふうに力を抜いたことはなかった。相手がつまらなそうにしていないか、何か機嫌を損ねたりしていないか、いつも気にして緊張していた。

そういうのを止めたら、まるで鏡に映すように、サリタちゃんの表情もやわらかくなった。

相手の顔色をうかがうことと、相手を気遣うことは、似ているようでちがう。

「あ」

サリタちゃんが下を指差す。見てみると、二人の男の子がコンビニの袋を片手に、コロッケをかじりながら建物の中に入っていくところだった。

あの二人が食べていたものが、気になったのかな？

「サリタちゃん、このあと、ひま？　時間は、ある？」

「ある」

「じゃあ、近くのコンビニまで、いっしょに行かない？　あの子たちが食べてた、コロッケも売ってるよ。でも、むりはしなくていいよ」

コンビニの方角を指差して、歩くふりをする。サリタちゃんはわたしと外を何度も見て、

「いっしょ？」

と、確認するように言った。

「うん、いっしょ。二人で、コンビニに、行こう」

そう答えると、サリタちゃんは「いく」と首を左右に揺らした。

二人で初めていっしょに歩く外は、いつもと気分がちがって、新鮮に感じた。サリタちゃんは、わたしにとっては見慣れた看板やポスター、掲示板のチラシなんかを一つ一つながめるから、進むスピードはすごくゆっくりだ。

「チラシ、見るの好き?」

「すき、ちがう。にほんご、れんしゅう」

なるほど。わたしはサリタちゃんのじゃまにならないように、後ろに下がって掲示板をながめた。工事の予定やごみ回収日のお知らせが貼られている中で、一枚のチラシが目にとまる。

「地域食堂、まぜごはん?」

そのチラシには、『地域食堂まぜごはんにおこしください』と大きな文字が並んでいて、その下に開催日時と場所、地図が載っている。料金は十八歳未満の子どもが五十円、大人が三百円。イラストの猫がまねき猫のポーズで『だれでも参加自由! みんなでごはんを食べて、おしゃべりして、遊んで、楽しい時間を過ごそうにゃん!』と、さそっている。漢字にはすべてふりがなが振られていた。

これは、がみババ先生と石川さんの言っていた、地域食堂?

ごはんを食べるだけじゃなくて、遊んだりもできるんだ。もう一度チラシをよく見ると、下のほうに骨をくわえた犬がいて、『一般・大学生・中高生のボランティア募集！　寄付・食材提供もお待ちしていますわん！』と呼びかけていた。

わたしの視線の先をたどって、サリタちゃんがたずねる。

「ちいき、しょくどう。なに？」

「ええとね、このへんに住む人が、自由に集まって、みんなでごはんを食べる場所だよ。わたしとサリタちゃんも、五十円払えば、参加できるみたい」

「みんなで、ごはん」

サリタちゃんは数回まばたきすると、先に歩いていってしまった。地域食堂にはあまり興味をひかれなかったみたいだ。

コンビニの自動ドアが開くと、エアコンの限界まで冷やしたような風がぶつかってきた。

わたしとサリタちゃんはぐるりと店内を一周してから、ホットスナックの並ぶケースをのぞいた。団地の男の子たちがさっき食べていたのは、たぶんこの八十八円のさくさく牛肉入りコロッケ。でもサリタちゃんは牛肉や豚肉を食べないから、別のコロッケにしないと。こっちのコーンコロッケなら、どうだろう。

ケースの中をよく見ると、商品名が書かれたプレートの下のほうに、小さくアレルギー成分表示がある。今まで全然気にしなかったところだ。牛肉や豚肉が使われているかどうかも絵で示してあった。このコーンコロッケにはどのお肉も使われてないみたいだから、サリタちゃんも食べられる。

知識が増えると、意識が変わって、今まで見えていなかったものが見えてくる。すっと、ピントが合うみたいに。

「サリタちゃん、こっちのコロッケを」

買おうか、と言いかけたとき、入り口のほうでにぎやかな笑い声がした。

中学校のジャージを着た女子三人。あの子たちはたしか、光ちゃんと同じ女子サッカー部の子たちだ。仲がよさそうに話しているのを何度か見かけたことがある。

「っていうか光、今日も部活来なかったよね」

光、と呼ぶ声のトーンが低い。それだけでもういやな予感がした。

「まだ具合悪いんじゃないの。あんなにムキになって練習するからだよ。何アピールか知らないけど」

「レギュラー取りたくて必死なのはわかるんだけどねー。周りはちょっと引いちゃうよね」

心配や理解を示す言葉のあとにトゲをのぞかせて、三人はくすくす笑う。

「自分が部の中で浮いてる自覚あるのかな。あのままだとこの先、やばくない？」

「みんな陰じゃ言ってるもんね。光はウザいって」

体の内側が、ざわざわと波打った。登校日に会ったとき、光ちゃんの様子が変だったのはこのせいだったんだろうか。

わたしに気づいた三人の口が、そろって「あ」の形で止まる。

「みんなって、だれ？」

必死でしぼり出した声は、みっともなく震えた。声だけじゃなく足も震えていて、まるでわたしの立っているところにだけ地震が起きているようだ。

「だから、みんなはみんなだよ」

三人のうちの一人が、開き直ったように言う。

「みんなじゃ、ないよ」

わたしはかぶりを振った。この子たちの言う『みんな』に、勝手に含まれたくない。もしかしたらわたしなんて眼中にないかもしれないけど、それでも、ちがうと声を上げたかった。

「言っとくけど、うちら別に光の悪口言ってるわけじゃないよ。心配してあげてるだけだから」

心配、してあげてる？

再び、体の内側に波が立つ。張りつめた空気に気づいたのか、サリタちゃんが不安そうにわたしの腕に触れた。

いけない。

サリタちゃんがこの子たちを見たら、学校でのいやな思い出がよみがえってしまうかもしれない。わたしはとっさにサリタちゃんの前に立った。

六つの目と向かい合う。こわい。でも、がみババ先生の目ほど、鋭くも、強くもない。

――あんた、だれの味方してんのさ。

いつかの、がみババ先生の言葉が頭に響く。こんな状況でさえ、わたしはこの子たちにきらわれたくない、もめたくないと思ってしまう弱虫だ。

でも、これだけははっきりと言える。

「わたしは、光ちゃんのこと、好きだよ」

すると、三人はしらけたように笑った。

「は？　どうでもいいんですけど」

「そんなことより今の話、だれかにバラさないでよね」

必死に投げかけた言葉は、届かずに叩き落とされる。あんたなんか相手にしてらんない、そんな表情を浮かべて、三人はわたしの横を通り過ぎていく。

「サリタちゃん、行こう」

わたしはサリタちゃんの手を引っぱって、何も買わずにコンビニから出た。

ほとんどしゃべらずに夢中で歩いて、家にたどり着いたときには汗をびっしょりかいていた。のどが渇ききっていて、気分も悪い。

「ごめんね、せっかくコンビニに行ったのに、何も買えなくて」

それに、いやな場面を見せてしまった。あやまるわたしの顔を、サリタちゃんがのぞきこむ。

「かお、へん」

サリタちゃんの手が、わたしのおでこに、続いて頬に触れた。しっとりとした、サリタちゃんのお母さんと同じく温かな手。お姉さんのようなその仕草に、不意に泣きそうになる。

「いく。こっち」

サリタちゃんは自分の家とわたしを交互に指差す。これは、家においでって言ってくれているのかな。

「サリタちゃんの家に、行ってもいいの？」

「いい」

「じゃあ……おじゃま、します」

サリタちゃんのうちに上がるのも、今日が初めてだ。三人ぶんの靴やサンダルがぎっしりつまった靴箱の横に、脱いだ自分の靴を並べて、中に向かう。

あ、よその家のにおいがする。

自分のうちではわからないけど、よその家に入ると感じる、それぞれの家庭のにおい。サリタちゃんのうちからは、お香のような香りと、何種類ものスパイスが混ざったようなにおいもかすかにする。

居間にはL字型のソファが置いてあって、その足もとには薄茶色の大きなラグが敷かれている。ラグの上には、可動式の小さなサイドテーブルだけがあった。

ごはんはどこで食べるんだろう。別の部屋にテーブルがあるの？　それとも、このラグの上でテーブルを使わずに食べるのかな。

「すわる」

サリタちゃんがソファを手で軽く叩く。座らせてもらってからも、お行儀が悪いと思いつつ、ついきょろきょろしてしまう。

棚の上には小さな石彫りの人形が並んでいる。手が何本もある人や、頭が象の人もいる。もしかしたら人じゃなくて、神様とか精霊とか、そういうものかもしれない。壁には、雪山の写真を大きく引き伸ばしたものが額に入れて飾られていた。あれはエベレストかな。その横には同じくらいの大きさの、家族三人の写真。あ、よく見たら写真じゃなくて、絵だ。サリタちゃんと両親が、それぞれ民族衣装のようなものを着て並んでいる。

すてきだなあとながめていると、サリタちゃんがグラスを手渡してくれた。中身はコーラだ。甘い炭酸を一口飲むと、少し気分がよくなった。

「暑い中、外歩いたから、ちょっと疲れたね」

「うん」

サリタちゃんもわたしのとなりに座って、すらりと長い足を組んだ。足の爪がつやつやときれいな赤に塗られていて、りんごあめみたい。おしゃれ好きな光ちゃんが見たら、「かわいい！わたしも塗りたい！」と喜びそうだ。

「……ちょっと、ごめん。友だちに連絡しちゃうね」

サリタちゃんに断って、わたしはスマートフォンをポケットから取り出した。

光ちゃんになんてメッセージを打とう。コンビニでの出来事は絶対に言えないし、『部活休んでるの？』とも聞けない。変に心配しても、きっと前みたいにはぐらかされてしまう。

悩んだ末、この前サリタちゃんといっしょに作ったギョウザの写真と、『がみババ先生に教わっておいしく作れたよ』と、ひとまずメッセージを送った。

「サリタちゃんは、ネパールに、友だちいるよね？」

「いる」

「みんな、仲がいい？」

「なかいいも、ある。わるいもある。ときどき、なく。おこる」

「そっか。そうだよね」

わたしは膝を抱えてため息をついた。

「友だちって、むずかしいね」

「むずかしい、ちがう。みんな、たいへん」

「大変?」

サリタちゃんは「あー」と少し考えて、首を横に振った。

「まちがい。みんな、たいせつ」

涼やかな声が、ひりついていた胸にすっとしみこむ。大変で、大切。サリタちゃんは言いまちがえたみたいだけれど、わたしはどっちも正しいような気がした。

しばらくのあいだ、わたしたちは黙って座っていた。言葉の代わりに、お互いの息づかいがよく聞こえる。次第に頭の後ろがじわじわとしびれてきて、まぶたが重たくなった。

ソファにもたれて、目を閉じる。まぶたの裏で、白い光がちかちかとまたたく。

「……あ」

小さくしぼったテレビの音で、目が覚めた。ラグの上に座って画面を見ていたサリタちゃんが、すぐにわたしを振り返る。わたしはとっさに口元に手をやって、よだれが出ていなかったか確認してから、「おはよう」と言った。
スマートフォンを見ると、時間は四時三十分。眠ってからそんなに経っていない。新着メッセージは一件。光ちゃんからだ。
『すごーい! ギョウザおいしそう!
次は何作るの?』
光ちゃんの声が聞こえてきそうなメッセージに、わたしは急いで返信を打った。
『今、何を教えてもらおうか考えてたところ
光ちゃんは何してた?』
送信したメッセージはすぐに読まれたようだった。まもなく、再びメッセージを受信する。
『ゴロゴロしてた
夏かぜと夏バテのせいでここんとこ寝てばっか
ひまー』
ネズミのキャラクターがハンマーを振り回して怒ったり、涙を噴水のようにあふれさせたりしているスタンプが、続けて送られてくる。
ああ、やっぱりあの子たちの言っていたとおり、光ちゃんは体調を崩していたんだ。『ここんとこ寝てばっか』ということは、ちょっと重症なのかもしれない。

お見舞いに、行ってみようか。

でも行ったら、光ちゃんに元気なふりをさせてしまうだろうか。

どうしようかな。わたしは息を吐いてソファの背によりかかった。寝起きは体が重い。それになんだか、下腹がだるい感じがする。そろそろ生理がくるのかもしれない。

「げんき、すくない?」

サリタちゃんに聞かれて、わたしはうなずいた。

「ちょっと、おなかがだるいの。生理が、きそう」

下腹に手を当てて答えると、サリタちゃんは「せいり」とつぶやいてわたしのおなかを見た。

ああ、という顔をして、静かに立ち上がる。

「どこに行くの?」

「あたたかいの、つくる。たからもの、つかう」

「スパイスを使った、温かいもの? あ、それってもしかして、キール?」

前にサリタちゃんが話してくれた。体調が悪いときには、お米を牛乳と砂糖で煮たキールという料理を、おばあちゃんが作ってくれるんだって。

「ちがう。キールだめ。のみもの、あたたかいのみもの、つくる」

スパイスを使った飲みものって、なんだろう。わたしはサリタちゃんのあとを追った。せっかくならいっしょに作りたい。それに、ネパールの人たちの台所がどんな感じか、うちやがみババ先生の台所とどうちがうのか、見てみたい。

「わたしも、つくる。お手伝いするよ」

「だめ」

「でも」

台所に足を踏み入れようとすると、「だめっ！」と強い力で胸元を押された。

びっくりして、声が出ない。サリタちゃんは迷うように台所とわたしを何度も見ると、

「せいり、だめ」

と、小さく言った。

「え？」

「せいり、キッチン、だめ。いけない」

サリタちゃんの言うことが、すぐにのみこめなかった。

生理中の女の人は、台所に入っちゃだめってこと？　ネパールではそういう風習があるの？

でも、なんだかそれって……。

「変、だよ」

自分が汚いもののように扱われた気がして、しかもその相手がわたしと同じ女の子のサリタ

ちゃんで、わたしはいっそうショックを受けた。

「そんなの、変だよ」

もう一度言うと、サリタちゃんは傷ついた表情でわたしをにらんだ。

「へん、ちがう」

「わたしは、そういうの、あんまりよくないと思う……」

わたしとサリタちゃんは無言で向かい合った。いつもの心地いい沈黙とはちがって、空気が電気を帯びているようにぴりぴりする。

先に目をそらしたのは、サリタちゃんだった。

話したところであなたにはわからない。あなたの話も聞きたくない。サリタちゃんの背中が、わたしをはっきりと拒否している。

わたしは黙って、サリタちゃんの家をあとにした。


「あんた、また何か厄介事を抱えてきたね」

わたしの顔を見るなり、がみババ先生はあきれたように言った。

「喜んだり落ちこんだり、退屈しなそうでうらやましいこった」

「はい……。ジェットコースターに乗っているみたいだなって、思います」

ささいなことで気持ちが上下する。思ってもみなかった感情が出てくる。そんな自分にわたしがいちばんおどろいている。

「あの、今日はこの料理を教えてほしくて、来ました」

バッグから料理ノートを取り出して、レシピを貼ったページを開き、がみババ先生に手渡す。レシピは、お父さんのパソコンとプリンターを借りてプリントアウトしたものだ。

「どれどれ。キール？」

「はい。ネパールではお祭りでよく食べるそうなんですけど、サリタちゃんたちは体の調子がよくないときにも食べるって前に聞きました。だからキールを作って、光ちゃんに届けたくて」

「光に？」

光ちゃんが夏かぜと夏バテで体調を崩していると話すと、がみババ先生はあきれ顔をした。

「あのばかたれは。自分の限度ってやつを考えずに突っ走ってぶっ倒れたんだろうね。で、このレシピはサリタに聞いたのかい」

「いいえ、その、サリタちゃんとはちょっと気まずくなっちゃって」

　本当はサリタちゃんからキールのレシピを教わりたかったけれど、あんな空気になってしまったらとてもじゃないけど言い出せなかった。代わりにネットで調べて、できるだけ材料が少なくてかんたんそうなものを選んできたのだ。

「ふうん。あたしゃキールとやらを作ったことはないけど、材料はだいたいあるし、仕方ないからつきあってやるよ」

仕方ないという割に、台所に向かうがみババ先生の足取りは軽い。もしかしたら、初めて作るレシピに内心わくわくわくしているのかもしれない。

銀色の台所でエプロンを着けて、手をよく洗う。

「まずは米を洗って、三十分ほど浸水させる必要があるようだね」

「どうして浸水させるんですか？」

「米が水を吸うことで、米の中心まで熱が伝わりやすくなる。炊き上がりまでの時間が短くて済むんだ。これはふつうの白がゆを作るときでも同じだから、覚えておきな」

わたしは言われたとおりにお米を洗い、水を張ったボウルに浸した。待ち時間の三十分は、がみババ先生と二人で新聞紙を折って生ゴミ入れを作った。新聞紙が生ゴミの水分を吸ってくれるので、いやなにおいも防げるらしい。

三十分が経ったら、お米をざるにあげて水気を切ってから鍋に入れる。そこに牛乳と砂糖を加えて、火にかける。

「火は中火、沸騰したら弱火にしな。こげないように、木べらで混ぜながら煮るんだ」

「はい。ギョウザよりずっとかんたんですね」

「手順は単純だけど、こうしてつきっきりで三十分煮るのはなかなか手間だよ」

がみババ先生の言うとおり、真夏に火のそばに立ち続けるのはなかなかきつい。額にも背中にもあっという間に汗がにじんで、木べらを動かす手もだるくなってくる。料理って、体力も筋力もいるんだなと、改めて思う。

「ところで、今度はなんでサリタと気まずくなったんだい」

「ええと、文化のちがいのせい、というか」

サリタちゃんの家で起きたことを話すと、がみババ先生はふうんとうなずいた。

「生理中の女性は穢れているから台所に入れない。そういう風習が残ってる国もあるのは知ってたけど、ネパールもそうだったんだね」

「はい。でもそれって、変ですよね？　だって実際に汚いわけじゃないし、食べものを触ったって問題ないし」

動かす木べらが鍋の底に当たって、ごつごつとかたい音を立てる。

「わたし、ネットで調べました。ネパールにはチャウパディっていう、生理中の女性を家から隔離する慣習があったんだけど、もうずっと前に国が法律で禁止したって。ネパールの人たちだって、そういう差別はいけないって考えているはずなんです。なのに……」

サリタちゃんは、そうじゃないみたいだった。生理にまつわるしきたりを今も守り、わたしを穢れているとみなして、強く押した。最後には怒り、わたしに背中を向けた。

　拒絶されてしまったんだと、思った。

「わたし、どうしたらいいんだろう」

　相手の国の風習をよくないと感じても、変だなんて言っちゃいけなかった？　こんなふうに気まずくなるくらいなら、わたしが黙ってがまんすればよかった？　でも、でも……。

　胸が苦しくなって、ぎゅっと目をつぶる。がみババ先生は止まっていたわたしの手から木べらを取り、鍋の中を静かにかき混ぜた。

「あたしならサリタに言うね。こういうことをされるのはいやだ、傷つくんだって」

「友だちなのに、そんなにはっきり言っちゃっていいんですか？」

「友だちなのに、いやなことをいやだと言っちゃいけないのかい？」

　がみババ先生は手を止めずに言った。

「どんな理由であれ、片方だけが黙ってがまんする関係はおかしい。相手の意見を聞くことと同じくらい、自分の意見を伝えることも大事なんだよ。あんたは苦手なんだろうけどさ」

　図星をつかれ、わたしはうなだれた。

「ま、あんたが意見を伝えたところで、サリタがどうするかはわからない。今どきの子だし、古い伝統の中の偏見には気づいてそうだけどね。とにかく、話さなけりゃ先に進めないんだ」

「……なんだか、大変そう」

楽しいこと、穏やかな時間。それだけをサリタちゃんと味わえたらいいのに。そう言ったら、がみババ先生は「あんたらしいねえ」と声を上げて笑った。

「めんどうなことがいやなら、つきあうのをやめりゃいい。あんたはどうしたいんだい」

心の中に向かって、改めてたずねてみる。

わたしは、どうしたい？

暗いところでちぢこまっているもう一人の自分が、そっと顔を上げる気配がした。

「……もう一度話したい、です」

すんなり言葉は通じないし、気持ちがかみあわないこともある。正直ちょっとめんどうだし、これからも理解しあえない部分はたくさん出てきそうな気がする。

それでも、って思う。

「どうやら、あんたにとってサリタは、『ネパールの子』じゃなくなったんだね」

くくっ、とがみババ先生がのどの奥で笑う。

サリタちゃんは、ネパールで生まれ育った女の子だけれど。どういうことだろう。

「これまでのあんたなら、今回の件で『ネパールの子はこうなんだ』って変に納得しちまって、サリタと黙って距離を置きそうじゃないか。でも、今のあんたはそうじゃない。サリタ個人に対して、思うところがあるようだからさ」

「そうかな……よくわからないです」

「ああ、別にいいさ。それよりあんた、ちゃんと鍋の中を意識してやってるかい？」

はっとして鍋を見る。お米は牛乳をたっぷり吸ってふくらみ、とろとろとやわらかくなっていた。

「ここらでスパイスの出番だよ。カルダモンとシナモンを大さじ一ずつ加えて混ぜな」

「はい」

引き出しからまちがいなく大さじを取り出して、がみババ先生が出してくれた二つのスパイスを量り、鍋に振り入れる。さわやかな香りが湯気と共に、すうっと立ち上る。

がみババ先生は器を二つ取り出して、できたてのキールをよそった。

「見た目は白がゆだね。においはちがうけど」

「仕上げにレーズンやナッツを散らしてもおいしいそうです。光ちゃんはレーズンきらいだけど、ナッツはだいじょうぶかな」

「じゃあレーズンはあたしらのぶんだけに散らすとして、ナッツは……今はないねえ。そうだ、代わりにあれを入れよう」

がみババ先生は戸棚から小さな陶器の入れものを持ってきた。ふたを開けると、中には緑色の種のようなものが入っている。

「なんですか、これ」

「かぼちゃの種の中身だよ。これをナッツの代わりに散らすのさ」

「え、それ、食べられるんですか？」

おどろいて聞くと、がみババ先生は「もちろん」と胸を張った。

「これはね、かぼちゃの種を洗って干して、オーブンで焼いてから殻をむいたものなんだ。そのまま食べてもいいし、塩を振りゃおやつやつまみに最高だ。ちょっと食べてごらん」

味見してみると、かりかりした歯ごたえで、ほんのりとかぼちゃの皮の風味がする。白いキールの上に散らすと緑色が映えて、見た目がぐっとよくなった。

和室に移動して、いただきますと手を合わせる。

牛乳味の甘いおかゆ。おいしそうに見えるけれど、食べるのにはちょっと勇気がいる。恐る恐る一口食べると、くっきりとさわやかな、レモンに似た香りが鼻に抜けた。甘い牛乳はとろりとお米を包んで、飲みこむと、おなかの内側にほわりと温かな膜ができる。かぼちゃの種とレーズンもいっしょに食べると、まるでスイーツだ。

「おいしい」

ほうっとため息がこぼれる。がみババ先生も「悪くないね」とうなずいた。

「食べるとおなかからじわーっとあったかくなって、元気になれそうです」

「ああ。まさに、キッチンファーマシーってやつだね」

「ファーマシー？」

「直訳すれば、『台所薬局』だ。ちょっとした不調なんかは、台所にあるもので治しちまおうってことさ」

「へえー」

「このキールに入ってるスパイスにも、それぞれ効果があるって知ってるかい？」

首をかしげるわたしに、がみババ先生が説明してくれた。カルダモンには消化を促進して食欲を増進させる効果が、シナモンは体を温め、生理痛をやわらげてくれる効果があるらしい。ついでに、がみババ先生が加えてくれたかぼちゃの種にはタンパク質やビタミンが含まれていて、疲れたときや夏バテなんかにもぴったりだそうだ。

「サリタちゃんも、スパイスのいろんな効果を知ってたのかな」

だからスパイスを使って、温かい飲みものを作ろうとしてくれたんだろうか。

「サリタが、あんたを穢れていると感じたのは本当かもしれない。でも、体調の悪そうなあんたに飲みものを作って飲ませようとした、その気持ちも本当なんだよ」

がみババ先生の言葉が、すとんと胸に落ちてきて、わたしはうなずいた。

理解しあえないこと、共感しあえないことは、いけないことのような気がしていた。でも、そうじゃないんだ。相容れない部分を抱いたままだって、お互いを思いやることはできる。

サリタちゃんが、そうしてくれたように。

わたしはキールを完食して、ぱんと両手を合わせた。

「今度、サリタといっしょにここに来な。あんたたち二人に仕事をさせてやろう」

「仕事?」

「ああ。それに、あんたから話を聞くばっかりなのも飽きてきたんだよ。いいかげんサリタの面を拝みたいしね。夏休みが終わる前に、一度連れといで」

それを聞いて、はっとした。夏休みが終わるということは、がみババ先生の料理教室もおしまいってことだ。光ちゃんからも最初に、「夏休みのあいだだけ」って言われているし。

終わりを意識して、胸がきゅっとなった。


光ちゃんの家の前まで来たとき、わたしは両手に大荷物を抱えていた。

お店を出る前に、あれもこれもとお見舞いの品をがみババ先生に持たされたせいだ。スポーツドリンク二リットルのペットボトルを三本に、果物の缶詰をごろごろ。乾麺のうどんを数束と、冷却シートの箱をいくつか。

「あのう、これはがみババ先生が持っていったほうがいいんじゃ」

と、お店を出る前に言ってみたけれど、がみババ先生はそっぽを向いた。

「やなこった。なんであたしがわざわざ足を運ばなきゃいけないんだい」

そう言われたら仕方ない。わたし一人でお見舞いの品を入れた袋を持って、ふうふう言いながら歩いていると、

「ちょっと待ちなっ！」

がみババ先生が追いかけてきた。何事かと思ったら、冷蔵庫にフルーツゼリーがあったから
と、袋にぎゅうぎゅう押しこんだ。

「むっ。そういえば冷凍庫にアイスも」

「もう本当に自分で持ってってください」

さすがにあきれて言った。それでもがみババ先生は「やだね」と突っぱねて、ずんずんお店に戻っていった。

光ちゃんの家のインターフォンを押す。

今、光ちゃんの具合はどうなんだろう。家の人もいそがしいかもしれないし、渡すものを渡したら、迷惑にならないようにさっと帰ろう。

待っているとドアが開いて、光ちゃんのお父さんが出てきた。

「ああ、要ちゃん。どうも、こんにちは」

のほほんとした空気の、やさしそうなお父さん。前に遊びに来たときにも一度会っている。

「こんにちは。光ちゃんの具合が悪いって聞いて、お見舞いを渡しに来ました」

がみババ先生から預かった両手の袋を見せると、光ちゃんのお父さんは「うわあ、すごい量だ」とのけぞった。

「重かったよね、わざわざありがとう。もしよければ光と話をしていってください」

すぐに帰るつもりだったけれど、光ちゃんのお父さんはわたしを家に上げてくれた。

「光、要ちゃんがお見舞いに来てくれたよ」

「えーっ？　要ちゃんが？」

すっとんきょうな声が上がって、部屋からパジャマ姿の光ちゃんが飛び出してくる。「びっくりっ」「サプライズなんだけどっ」と騒ぐ光ちゃんを、わたしと光ちゃんのお父さんで、寝てて寝ててとふとんに戻す。

「具合はどう？」

午後の光が、障子を透かしてやわらかく室内に差しこんでくる。光ちゃんの部屋は和室で、雰囲気のある鏡台がとてもすてきだ。

「少しだるくて、あんまり食欲がない感じ。でも、もうほとんど元気だよ」

「そっか。がみババ先生は、『自分の限度ってやつを考えずに突っ走ってぶっ倒れたんだろう』って」

「んもー、がみババはいちいちうるさいなあ。だいたい合ってるけどさあ」

光ちゃんはタオルケットの中で足をじたばたさせた。

「がみババ先生からのお見舞いは光ちゃんのお父さんに渡したよ。わたしからは、これ」

タッパーのふたを開けて、キールを見せる。

「キールっていう、ネパールのミルクがゆだよ。がみババ先生と作ったんだ」

「わ、ミルクがゆ？　ありがとう。これ、今食べたい」

光ちゃんはお父さんを呼んで、キールを温めてきてと頼んだ。光ちゃんのお父さんは、キールをわたしのぶんまで温めて持ってきてくれた。

二人でいっしょに、いただきますと一口食べる。

「んん、やさしい味。ちょっと甘いグラタンみたいでおいしい。実はわたし、ミルクがゆにあこがれがあったんだよね」

「そうなの？」

「うん。小三のときに見た映画の中で、熱を出した主人公がミルクがゆを作ってもらうシーンがあったのね。それがおいしそうで、天兄ちゃんに作ってって頼んだの。そしたら『ごはんを牛乳

で煮るなんて絶対いやだ』とか言って、作ってくんなくてさ」

当時を思い出したように、光ちゃんは小さくうなった。

「でも今日、夢が叶って食べられちゃった。へへ、寝こむのもたまにはいいね」

「うーん、本当にたまにならね」

光ちゃんは自分のぶんをぺろりと食べ終えて、「おなかがあったかい」と笑った。その笑顔に、わたしの胸も同じ温度になる。

「あ、そうそう、ジャムも持ってきたんだ」

前に教室で渡せなかったブルーベリージャムを、光ちゃんに差し出す。

「わー、ありがとう。このジャムって、ブルーベリー？」

「そう。がみババ先生の家の裏庭にある木から実を摘んで、ジャムにしたの。光ちゃんのおばあちゃんが植えた木なんだって聞いたよ」

「うん。おばあちゃん、よくお世話してたなあ」

光ちゃんは両手で持ったジャムのびんを頬に当てる。じっと、おばあちゃんの手の温かさを感じようとするみたいに。

「そのジャムね、非常食にもなるの。家にあると、いざっていうときに安心だよね」

「うんうん」

「でね、わたしも、非常食だからね」

「うん、うん？」

光ちゃんが眉を寄せる。

「待って待って、どういうこと？　要ちゃんがジャムってこと？」

「ジャムではないんだけど、その、いざってときに思い出してほしい、っていうか」

畳の目を、指の先でひっかく。自分の言おうとしていることが、すごく大それているようで、気が引ける。

でも、ちゃんと伝えたい。い草の青い香りを吸いこんで、わたしは口を開いた。

「わたし、ここにいるから」

「うん、いるね。明らかにいるね」

「サッカーとか、部活のこととかはよくわかんないし、いいアドバイスとかもできないし、頼りないなって自分でも思うんだけど、でも、ここにいるから」

畳から光ちゃんへ、視線を向ける。

「光ちゃんが一人でがんばりたいときは、がんばって、どこまでも行っちゃって。一人がしんどいなってときには、ここにいるわたしを、頼って」

光ちゃんは何度かまばたきをくり返すと、顔をくしゃくしゃにした。

「そっか。要ちゃん、わたしのことずっと心配してくれてたんだ」

「うん」

光ちゃんは長く息を吐くと、かけていたタオルケットをめくって押しやった。

「もうバレてると思うんだけど、わたし、サッカー部の子たちといまいちうまくいってなくてさ。結構、陰口も叩かれてるっぽいんだ。まあ別に、たいしたことじゃないんだけどね」

あくまで軽い口調で、光ちゃんは話す。わたしは相づちを打ちながら、コンビニで会ったサッカー部の子たちを思い出した。

あの様子から、光ちゃんが置かれている状況はなんとなく想像がつく。

「わたしは本当にサッカーが好きで、楽しい。だから練習もがんばるし、準備やあと片づけをしっかりやるのも当たり前なの。それは料理だって同じでしょ？　作るだけ作ってあとは知らんぷりなんて、がみババの前でやったらがみがみ炸裂まちがいなしだよ」

「うんうんうん」

「でもさ、一部の子からしたらわたしは、『先生と先輩に媚び売ってる』とか『レギュラー取りたくてアピールしてる』とか、そういうふうに見えるらしいんだよね。がんばってる理由を変にゆがめられるんだ。それがうざったくて、がむしゃらに練習してたら、体が先にバテちゃったってわけ」

光ちゃんは肩をすくめた。たいしたことじゃないと言いながらも、きっと一人で悩んでいたんだろう。結果、ふとんで寝こんでしまうくらいに。

「もっと早く言ってくれてよかったのに」

「そうはいきませーん。やっぱりかっこつけたいじゃん。友だちの前ではさ」

ちちち、と舌を鳴らす。光ちゃんは甘え上手だけれど、かんじんなところで意地っ張り。話さなければわからなかった、光ちゃんの一面だ。

「今回はちょっとダウンしたけど、わたしはこのまま、わたしのやりたいようにやってやるんだ。今日でかなり復活したし、またしんどくなっても要ちゃんがいるしね」

にかっと光ちゃんが笑う。わたしは大きくうなずいた。

「……で、お父さんはいつまでそこで盗み聞きしてるわけ?」

「えっ?」

おどろいて後ろを振り返ると、部屋の引き戸がゆっくりと開いた。プリンとジュースがのったお盆を持ったお父さんは、なぜか目を赤くしている。

「いや、部屋に入ろうとしたら、二人の話が聞こえてきてね。ああ、光にこんなにいい友だちがいてくれたんだなあと思ったら、涙腺が壊れちゃって」

「かんたんに壊れすぎだよ」

「いやあ恥ずかしい。ちょっと顔を洗ってくるよ」

「おかしは置いてってよっ！」

光ちゃんが立ち上がり、お父さんからお盆をもぎ取る。その様子はすっかりいつもの光ちゃんで、わたしは声を上げて笑った。


家に帰ると、わたしはベランダに直行した。

光ちゃんに自分の気持ちをちゃんと伝えられた。今度は、サリタちゃんに伝える番だ。仕切り板を軽く叩いて、緊張しながらしばらく待つと、サリタちゃんが姿を現した。苦い薬を飲んだあとみたいな表情だ。わたしもたぶん、同じような顔をしている。

「サリタちゃん、この前は、ごめんね。サリタちゃんの習慣を、変って、言っちゃって」

変、という単語に、サリタちゃんの眉がぴくりと動く。

「へん、ちがう」

「うん、サリタちゃんにとっては、そうなんだよね。でも、わたしは」

続きを、言うのがこわい。サリタちゃんにまた拒絶されるのがとてもこわい。だけど、奥に引っこむ本当の気持ちをごまかして、あいまいに笑っていたら、歩み寄ることもできないから。

ありったけの勇気を振りしぼって、わたしは言った。

「わたしは、悲しかったの。どんな理由があっても、女の子の体を持っていることで、いやな思いをしたくない。サリタちゃんにも、してほしくない」

サリタちゃんの瞳が、とまどうように揺れる。

「わたしたち、お互いに、わからないことだらけだよね。生まれた国も、言葉も習慣も、食べてきたものもちがう。正しいと思うものも、たぶんちがう。だから、だからこそ、サリタちゃんのことをもっと知りたいし、わたしのことも、もっと知ってほしい」

「わたし、もっと……しる?」

「うん。わかりあえないことも、たくさんあると思うけど……話してみたいんだ」

わたしの言葉がどこまで伝わったのかはわからない。サリタちゃんはじっと黙り、長いあいだ考えこんでいたけれど、やがてぽつりと言った。

「わたし、へん、ちがう。でも」

声をつまらせて、そっとわたしを見る。

「かなしいは……いけない。ごめんなさい」

「うん」

「もっと、しる。はなし、する。したい」

「うん、うん。しよう」

がみババ先生は前に言っていた。『だれかと友だちになるっていうのは、相手と一つの料理を作るようなものなんだよ』と。今のわたしたちは、お互いの持ったくさんの材料を手に取って、どれを使うか使わないか、一つ一つ調べたり、味見したりをくり返す段階なのかもしれない。サリタちゃんとわたしがおいしいと思える味。見つけるのはきっともっと先だけど、またここから、探していきたい。

「あのね、今度サリタちゃんに、紹介したい人がいるの。わたしが料理を習っているおばあさんで、がみババ先生、っていうんだけどね――」


サリタちゃんとがみババ先生の初対面は、かき氷よりひやひやするものだった。

「ほう、あんたがサリタかい」

がみババ先生のドスのきいた声と鋭い目つきに、サリタちゃんは数歩後ずさった。初めてがみババ先生を見たときのわたしと同じ反応だ。

おびえたようにわたしの背後にかくれると、がみババ先生を指差し、言った。

「がみばばあ？」

「ばっ」わたしは飛び上がった。「ばばあはだめ。最後の『あ』はつけちゃだめ」

「おやおやおや、いきなりばばあ呼ばわりとはね。あんたの差し金かい」

「ちがいます、全然ちがいます」

銀色の台所に通されると、サリタちゃんはおどろきの声を上げた。さっきまでびくついていたのがうそのように、ぴかぴかの壁やシンクのあちこちに触ったり、天井を見上げてくるくるその場で回ったり。どこかのお城の台所で、お姫さまがはしゃいでいるみたいだ。

「きら、きら。きれい」

「ふふん。わかっちゃいたけど、あたしの台所は世界に通用する美しさのようだね」

がみババ先生は誇らしげに胸をそらした。機嫌もよくなったみたいだ。サリタちゃんナイス。

「ところで先生、わたしたちの仕事ってなんですか？」

「ああ、試作だよ」

「試作？」

「今度の地域食堂のメニューで、コロッケを出すんだ。その前に家でも一度作っておこうと思ってね。その手伝いをあんたたちにもやらせてやろうってわけさ」

「あの、サリタちゃんは牛肉と豚肉が食べられないんですけど」

「どっちも使わないから心配ご無用。使うのは魚。ツナ缶さ」

コロッケに、ツナ。

合わなくはないだろうけど……なんか、なまぐさそう。

「ああ？　なんか文句あんのかい」

「ないです」

「はっ、あんたの考えてることくらいわかるよ。ツナのにおいが気になるってんだろ。そんなもん、ちゃんと対策があるに決まってる」

「対策？」

「スパイスの香りの力を借りるのさ。今回はカレー粉を使って、ツナカレーコロッケにするんだ。さあ、始めるよ」

ボウルに水を張ってじゃがいもを洗い、水からゆでる。そのあいだに、がみババ先生はサリタちゃんに玉ねぎのみじん切りを命じて、お手本を見せた。サリタちゃんは玉ねぎのかけらを確認するようにつまみ、それからわたしをちらりと見る。

「失敗しても、だいじょうぶ。がんばれ」

コンロの前から声をかけると、サリタちゃんは左手でぎこちなく玉ねぎを持った。玉ねぎを回転させながら、右手の包丁で縦にまんべんなく切りこみを入れて、今度は輪切りするように横から切る。すると、みじん切りになった玉ねぎが、細かい氷のように下のボウルに積もっていく。

「すごいすごい、かっこいい！　そんなやりかたもあるんだね」

「ほう、鮮やかなもんだ。この方法ならまな板を使わないから、洗いものも一つ少なくなる。水を大事にする知恵だね」

「わたしもできるかな」

「止めときな。玉ねぎが赤くなるよ」

ほめられて安心したのか、サリタちゃんの動きから徐々にかたさが取れていく。がみババ先生の指示に従い、ゆであがったじゃがいもは熱いうちにつぶし、塩とこしょう、カレー粉を振り入れた。わたしよりずっとてきぱきしていて、手際がいい。わたしは玉ねぎを炒めて、ツナといっしょにじゃがいもを混ぜた。ツナを使うことで、お肉を使わなくてもちゃんとうまみが出るし、食感も楽しくなるそうだ。

破裂防止のためにタネを一時間ほど冷やしたら、今度はそれを一口大のボールの形に丸める。コロッケは、工程数は多いけれど、その一つ一つはむずかしくない。だれかといっしょに作るのにもぴったりだ。

楽しい？　とサリタちゃんに聞こうとしたけど、止めた。手の中でころころタネを丸めるサリタちゃんの横顔を見れば、わざわざ聞かなくてもわかる。

こんな時間も、夏休みが終わればなくなっちゃうのかな。

「おい、火の側でぼーっとするんじゃないよ」

「あっ、はいっ」

衣をつけたタネを熱した油の中に入れると、しょわしょわと軽やかな音がして、表面の色がだんだん変わっていく。白から、うすい黄色、きつね色へ。小さなまんまるの生き物が、油の中で泳いでいるみたいで、かわいい。

「こらっ、あまりつつくな。衣が破れるよっ」

サリタちゃんが菜箸でコロッケをつつくと、ジェスチャーつきのがみがみが飛んでくる。サリタちゃんはわたしを見て、ぺろりと舌を出した。この前にも「火加減が強すぎるっ」「いもは熱いうちにつぶしなっ」と、がみがみ言われていたせいか、サリタちゃんもだんだん慣れてきたみたいだ。

全部のタネを揚げ終えたら、お楽しみの味見タイム。

「……ん、んん！」

一口かじると、かりっとした感覚と熱が歯に伝わって、湯気といっしょにスパイシーな香りが口から鼻に流れこむ。中から現れるほくほくのじゃがいもの中に、ツナと玉ねぎの甘みが混ざりあって、かめばかむほど味がしみ出た。カレー粉のおかげでツナのにおいは気にならない。

「おいしくできたね、サリタちゃん」

「うん。おいしい」

おいしいって言いあうと、ますますおいしくなる。やまびこのようにおいしいをくり返すわたしたちを、がみババ先生は少し離れたところから満足そうに見ていた。

「地域食堂のメニューは、がみババ先生が決めたんですか？」

「ああ。材料を見ながら、石川さんとも相談してね」

もしかしたらそのとき、がみババ先生の頭にサリタちゃんがちらっと浮かんだんだろうか。だから、牛肉も豚肉も使わないコロッケをメニューの一つに選んでくれたのかもしれない。

「サリタちゃん、今度、地域食堂にいっしょに行かない？」

がみババ先生が地域食堂のチラシを持ってきてくれる。それを見たサリタちゃんは、ああ、という顔をした。

「これ、みた」

「うん、コンビニに行くときに、掲示板で見たよね。食堂に行くと、これと同じコロッケを、いろんな人たちと食べられるよ」

「つくる、たい」

「え？」

サリタちゃんはコロッケをもう一つつまむと、

「つくる、したい。わたし、つくりたい」

と、はっきり言った。

「ええと。サリタちゃんはお客さんじゃなくて、作るほうになりたいの？」

「つくる。わたしのおとうさん、おかあさん、おなじ」

ネパール料理のお店で働いているお父さんとお母さんのように、サリタちゃんも料理を作るほうをやりたいらしい。

そっか、そうだよね。お客さんとして参加するほうばかり考えていたけれど、ボランティアとして参加したっていいんだよね。

前に石川さんからさそわれた、地域食堂で調理補助をするボランティア。一人で参加する勇気はなかったけど。

サリタちゃんが、あなたはどうする？　と目で聞いてくる。

「わたしも、作りたい」

ボランティアをやってみたい。自分の手で作った料理で、だれかに喜んでもらいたい。それに、がみババ先生は、「学校や家以外にも、自分の基地とか、居場所があるといいと思う」と前に話していた。わたしとサリタちゃんにとって、地域食堂がそういう場所になるかもしれない。

わたしは改めてがみババ先生に向き直った。

「がみババ先生、わたしとサリタちゃんで、地域食堂の調理補助ボランティアをやりたいです」

「そう言い出しそうな気はしてたよ」

ふっと息を吐いて、がみババ先生は腕組みした。

「チャレンジ精神は大いに結構。だけどね、地域食堂はお料理発表会じゃないよ。衛生と安全に神経とがらせて、時間配分もきっちりしながら、調理担当者の指示どおりに補助ができないと話にならない」

ぴりっと、場の空気が張りつめた。厳しい視線がわたしとサリタちゃんに注がれる。

「中学生だからって、甘えた考えで調理場に立たれたら困るんだ。やると言った以上、最後まで責任を持ってきっちりやり遂げる。その覚悟はあんのかい？」

「はい、あります。できます」

わたしはバッグの中から料理ノートを取り出して、がみババ先生に手渡した。がみババ先生に教わったことや、自分で発見したことをこつこつメモしてきた、台所での軌跡。

「わたしはこの夏、がみババ先生に料理を教わってきました。だから、だいじょうぶです」

背筋をぴんと伸ばして答える。サリタちゃんはわたしとがみババ先生を交互に見て、わたしのとなりに並ぶ。

がみババ先生は料理をするときと同じ表情でわたしのノートをめくり、ふんと鼻を鳴らした。

「なるほど。あんたが台所でしっかり学んだってことはわかった。今日見た限り、二人とも最低限は動けそうだしね。いいだろう」

「やった！」

わたしはばんざいした。サリタちゃんもつられたように両手を上げる。がみババ先生はわたしたちを見下ろし、にやりとした。

「よし、そうと決まれば事前指導だ」

「え？」

「地域食堂の当日までに、あんたたちには何度かここに来てもらう。調理補助をするうえで必要なことを頭に叩きこんでもらうよ。そうだね、まずは手の洗いかたからだ」

「えっ、そこからですか？」

「いいからさっさと流しの前に立ちなっ」

そのあと、わたしとサリタちゃんはまさかの手洗いからみっちり指導され、さらにがみがみを飛ばされることになった。

残りの夏休みは、約二週間。

ふと、光ちゃんの言葉が耳によみがえる。

——あの先生——がみババとなら、絶対おもしろいことになるから。

——これ、予言ね！

五章　スパイスクッキー

胸を内側からノックをされているような気がして、目が覚めた。

地域食堂が開催される、日曜日の朝。スマートフォンで時間を確認すると、五時ちょうど。予定より一時間も早いけれど、もう眠れなそうだ。

ふとんから出て窓を開けると、小雨がぱらぱら降っていた。

今日、お客さんはどれくらい来てくれるだろう。

がみババ先生からもらった地域食堂のチラシをもう一度読み返す。これをお父さんとお母さんに見せて、ボランティアに参加したいと言ったら、二人はそろって目を丸くしていたっけ。

「ええっ、食堂でボランティア⁉　要とサリタちゃんが？」

「夏休みの課題か何かか？　そもそも、なんで要はボランティアをやらなきゃいけないって思ったんだ？」

「やらなきゃいけない、じゃないよ。やってみたい、だよ」

なんでと理由を聞かれても、一つじゃないから説明は難しい。だけど、胸の真ん中にあるものはとても単純だ。

だれかといっしょに作って食べる。その楽しさとおいしさを、わけあいたい。

わたし一人じゃむりかもしれないけど、サリタちゃんといっしょなら、って思えたんだ。

お父さんとお母さんは顔を見合わせていたけれど、「要が自分で考えて決めたことなら」と、二人とも背中を押してくれた。

もちろん光ちゃんにも報告して、がみババ先生の事前指導のことも話した。

「手洗いは手だけじゃない、肘まで洗うんだよっ」

「包丁やまな板は、生食専用のものとそうでないものをきっちり使いわけるんだよっ」

「加熱しない食材を素手で触るなっ。手袋を使うんだ手袋をっ」

がみババ先生は、サリタちゃんに対しても手心は一切加えなかった。教えるスピードをゆっくりにしたり、ジェスチャーを交えてくり返し、わかりやすく伝えようとはしていたけれど、サリタちゃん本人と向き合う姿勢はいつもどおりのがみババ先生だった。

サリタちゃんも最初のうちはおどおどしていたけれど、次第に落ち着いて台所に立てるようになった。一言も聞きもらすまいとするようにがみババ先生の話を聞き、目に焼きつけようとするようにがみババ先生の手元を見つめていた。

「サリタちゃん、がみババ先生のこと、こわくないの？」

一度こっそり聞いてみると、サリタちゃんは「こわい？」とふしぎそうな顔をした。サリタちゃんにとってがみババ先生は、『こわい人』ではないらしい。

「要ちゃん、よくがみババから逃げ出さないでここまで来たね。サリタちゃんもがみババ相手になかなかやるじゃん」

光ちゃんは電話口でおかしそうにけらけら笑った。体調はすっかりよくなって、部活にも復帰したそうだ。例の部員たちとは相変わらずぎくしゃくしているようだけど、光ちゃんはこれまでどおり、練習に打ちこんでいる。

「がみババ先生を紹介してくれたのは光ちゃんだよ」

「そうでした。わたしも、その食堂行ってみようかなあ。今年の夏休みはホント部活ばっかだったし。あ、ボランティアじゃなくて、お客さんのほうでね」

「うん、来て来て」

笑って言うと、電話の向こうですっと息を吸う気配がした。

「料理のボランティアにも挑戦しちゃうなんて、要ちゃん、すごいよ。ほんとすごい」

「そんなことないよ」

えらいことも、すごいことも、わたしにはできない。

ただ、やりたいと思えたことを、わたしの精一杯でやってみたい。

地域食堂の準備は、九時から始まる。

わたしはしたくをして八時半に家を出た。バッグの中にはエプロンとバンダナ、それにブルーベリージャムが二びんと、ホットケーキの粉も三箱入っている。ジャムは、がみババ先生と作ったもの。ホットケーキの粉は、お母さんと非常食の点検をかねて台所を整理したときに出てきたものだ。賞味期限までまだ数か月あるし、せっかくだからジャムといっしょに、食堂に寄付することにした。

がみババ先生と料理をするのも、きっと今日で最後だ。

しっかりがんばろう。気合を入れて家を出ると、タイミングを合わせたかのようにとなりのドアも開いた。

「おはよう、サリタちゃん」

「おはよう」

白いTシャツにデニムパンツを合わせて、布のバッグを肩にかけている。長い髪は、頭の高い位置で一つにくくられていた。ポニーテールがおそろいになって、ちょっとうれしい。

「じゃあ行こっか。くれぐれも時間厳守だよ！　って、がみババ先生も言ってたしね」

がみババ先生の口調をまねすると、サリタちゃんはくすっと笑った。

食堂までは、自転車で二十分ほどかかった。

「あ、あそこだね」

地域食堂が開かれる建物は、黒い瓦屋根と、こげたような色をした木の壁がレトロで、昔の日本の家という感じだった。こういうのを古民家と言うんだっけ。

ここはもともと空き家だったのを持ち主が改装して、シェアスペースとして開放することにしたそうだ。地域食堂のほかに、料理教室や何かの集会、撮影などにも使われていると、がみババ先生が言っていた。

敷地内は広くて、家の前のスペースでドッジボールくらいなら軽くできそうだった。自転車を置いてレインコートを脱ぎ、正面の入り口に向かうと、引き戸のガラスには例のチラシが貼ってあった。

髪をさっとなでつけて、服の表面を手で払う。手の爪もお互いにもう一度チェック。伸びてないし、汚れてない。うん、オッケー。

どきどきしながら引き戸を開け、奥に向かって声をかける。

「おはようございまーす」

「ああ、上がっといで」

広い和室には、すでにボランティアスタッフの人たちが集まっていた。

「要さん、サリタさん、おはようございます。お待ちしてましたよ。二人とも今日はよろしくお願いしますね」

「はい、よろしくお願いします」

わたしがおじぎをすると、サリタちゃんもわたしの後ろに半分かくれたまま、「おねがい、します」と同じように頭を下げた。

地域食堂まぜごはんに関わるスタッフさんは、石川さんを中心に現在六人いるそうだ。男性が三人、女性が三人。石川さんと同年代に見える人も、わたしのお母さんくらいの人も、高校生ぐらいのお兄さんもいる。わたしとサリタちゃんを見て、ちょっとおどろいたような表情を浮かべたけれど、すぐに笑顔で迎え入れてくれた。

「それでは、ミーティングを始めましょうか」

石川さんが声をかけ、改めてあいさつをして、今日のタイムスケジュールや注意点を確認する。調理担当はがみババ先生と石川さんで、あとの四人は受付や配膳、会計、お客さんの対応などを分担しているらしい。わたしとサリタちゃんの役割は、がみババ先生と石川さんの補助。手が空いているときは、他のスタッフさんのお手伝いをすることに決まった。

「よし、あたしらは台所で準備にかかろう」

がみババ先生がすっくと立ち上がり、他の人たちも動き出す。わたしとサリタちゃんはエプロンを着けて、髪の毛が落ちないようにバンダナを巻いた。暑いけど、マスクをするのも忘れずに。

「サリタちゃん、もし、何かわからなかったり、困ったりしたら、いつでも呼んでね」

「うん」

「がんばろうね、いっしょに」

「うん」

ここの台所には大きな出窓があり、棚や床は木製で、温もりのある雰囲気だ。冷蔵庫や電子レンジも置いてあって、大きな木のテーブルの上には、これから使うらしい大量の材料や調理器具がすでに並んでいる。

わたしとサリタちゃんはまず、流しで手を洗った。がみババ先生にがみがみ言われたとおり、爪の先から肘までしっかり。

「お米はもう研ぎ終わって、浸水中です。三十分経ったら炊飯を始めましょう」

石川さんが指差した炊飯器はどっしりと大きくて、見るからに頼もしい。

「今日あたしたちが作るのは、これだよ」

がみババ先生がホワイトボードをあごでしゃくる。そこにはペンで大きく今日のメニューが書かれていて、プリントアウトしたレシピもマグネットでとめてあった。

　ごはん
　葉ネギのかきたまじる
　鳥胸肉のからあげ
　ツナカレーコロッケ
　コールスローサラダ
　ブルーベリー

　メインが二つに野菜も果物もついていて、豪華だ。ここで使われる材料の大半は、農家の人たちやスーパーなどから寄付してもらったものだと、がみババ先生から聞いている。

　大切に使って、おいしく作らなくちゃ。

「からあげとコロッケは食べる直前に揚げれば、できたてを出せますね」

　意気ごんで言うと、石川さんが首を横に振った。

「いいえ。開店の三十分前にはすべて作り終えた状態にして、検食をします」

「けんしょく？」

「作ったものをお客に出す前に責任者が食べて、問題がないかどうかを確認するのさ。あんたたちが学校で食べてる給食も、必ず検食がされてるんだよ」

と、がみババ先生が説明してくれる。わたしは壁にかかっている時計を見上げた。

「ということは、十一時半がオープンだから、十一時には作り終えてないといけないんですね」

「ああ。でも、あせってけがされても困るからね。あわてずに、しっかり注意して作業しな」

「はい」

「それじゃあとっとと始めるよ。まずはツナカレーコロッケのタネを作っちまおう。タネを冷やす時間が必要だからね」

「はい。サリタちゃん、コロッケを、作るって」

「わかった」

がみババ先生は大鍋に水を張り、それから玉ねぎの皮を次々にむいていく。サリタちゃんは石川さんから受け取ったじゃがいもを洗い始める。

それならわたしは、ええと、玉ねぎを切ろう。

皮をむかれた玉ねぎを、片っぱしからみじん切りにしていく。サリタちゃんは洗い終えたじゃがいもを大鍋に放りこんで火にかけると、みじん切りに加わった。

「いっぱい。すごい」

「うん。すごい玉ねぎの量だね」

こんなに大量のみじん切りをするのは初めてだ。途中で包丁を置いて、右手をぷらぷら振る。

なんだか首まで痛い。

前回の地域食堂への参加者は、初回ということもあってか、全部で十七人だったそうだ。今回は二回目ということと、夏休み中ということも考慮して、約四十人ぶんの食材を用意してあるらしい。

「おやおや、もうお疲れかい？　だらしないねえ」

ツナを缶からボウルに移しながら、がみババ先生が鼻で笑う。わたしがあわててみじん切りを再開しようとすると、がみババ先生の大きな手にさえぎられた。

「調理台に近く立ちすぎだ。それだとまな板を真上から見下ろさなきゃならないから首が疲れる。こぶし一個ぶん、台とのあいだを開けな」

言われたとおりにすると、姿勢が自然とよくなった。首も、さっきより楽だ。

「料理する時間が長くなるときほど、正しい姿勢が重要だよ。疲れの度合いが全然ちがうからね、覚えときな」

「はいっ」

「サリタは、その調子でオーケーだ」

サリタちゃんのボウルに、細かくなった玉ねぎがどんどん降り積もっていく。まな板を使わないみじん切りは、やっぱり速い。

二人でみじん切りにし終えた玉ねぎをがみババ先生が炒める。そのあいだに、わたしとサリタちゃんはゆであがったじゃがいもの皮をむいた。塩こしょうとカレー粉を振って、熱いうちにぐいぐいつぶす。

「私は、からあげに取りかかりますね」

石川さんはゴム手袋を着けると、鳥胸肉を一センチくらいの幅に薄く切り始めた。むだも迷いもない手つきが、見ていて気持ちいい。

「ふつうのからあげみたいなかたまりじゃなくて、薄く切るのはどうしてですか？」

「このほうが早く火が通って、肉がかたくなるのを防げるんですよ」

すいすい手を動かしながら石川さんが答える。わたしとサリタちゃんはつぶしたじゃがいもにツナと炒めた玉ねぎを混ぜ、バットに広げた。

がみババ先生は台所全体にさっと目を走らせると、

「よし、あたしはコールスローサラダを準備する。サリタはあたしの、あんたは石川さんの補助をしな」

と、指示を出した。

「じゃあ、要さんは下味に使う調味料を量って、ボウルに入れてください」

「はい」

わたしは計量カップとスプーンを手に取って、レシピを見た。ええと、下味に使う調味料は砂糖としょう、しょうゆ、にんにくとしょうがに、マヨネーズ。

「え、マヨネーズ？　マヨ風味のからあげなのかな」

「いいえ。マヨネーズの酢と油で肉をやわらかくするんです。鳥胸肉は、もも肉とちがってパサパサしやすいですから」

調味料を入れたボウルの中で、石川さんは切った鳥胸肉をぎゅっ、ぎゅっともんだ。手を動かすたびに、しょうがとにんにくが強く香る。

「漬けこむ時間をあまり取れないから、下味は濃いめに、しっかりつけてあげないと」

「漬ける時間によって、下味も変わるんですか？」

「そうですね、長く漬けこむなら、下味はもうちょっと薄めに調整します」

すごい。何を質問しても、ちゃんと答えが返ってくる。

「石川さんも、先生みたいですね」

「いやいやいや、そんな、恐れ多い」

「孫が来るんだ、料理にもいっそう気合が入るってもんだよねえ」

がみババ先生が横から口をはさむ。石川さんの孫って、前にスーパーの駐車場で会ったあの女の子のことだろうか。

「桜ちゃん、今日来るんですか?」

「はい。母親が仕事に行く前に、ここまで送ってくるそうです。機嫌よく来てくれるかはわからないですが」

石川さんが目を細める。そのとき、スタッフの一人が台所にやってきた。

「石川さん、ちょっと見てもらっていいですか」

「はい、すぐに行きます。要さんはこの肉をボウルごと冷蔵庫に移しておいてください」

石川さんは台所を出ていった。調理だけでなく全体の責任者でもあるから、いそがしそうだ。

わたしは言われたとおりにボウルを冷蔵庫に入れてから、がみババ先生たちの様子をうかがった。二人はコールスローサラダに使うにんじんとキャベツをせっせと千切りにしている。

「がみババ先生、わたしも手伝います」

「ああ、その前に、肉を切ったまな板と包丁を洗っときな」

「はい」

流しで包丁を洗いながら窓の外を見ると、雨はもう止んでいた。これならお客さんも来てくれそうだ。

よかった、と思ったとき、包丁を持っていた手が泡ですべった。ずっ、と右手の指先に刃が走る。

「あっ！」

熱い！

白い泡がみるみる赤く染まって、中指の腹から血があふれてくる。くらっ、と目が回った。

「どうした、切ったか」

すぐさまがみババ先生がやってきて、わたしの傷を確認する。そして蛇口から水を出すと、切ってしまった指を流水で洗った。

「ううう、しみる……」

「がまんしな。サリタ、そこのふきんを取っとくれ。そっちの、まだ使ってないやつだ」

サリタちゃんはふきんを持ってくると、心配そうにわたしの顔をのぞきこんだ。

「ち。いたい？　たくさん、いたい？」

「ちょっとだけ。でも、だいじょうぶだよ」

安心させたくて、笑顔で答える。一分ほど傷口を洗うと、がみババ先生は真っ白なふきんでわたしの中指を覆い、ぐっと圧迫した。

「傷口を心臓より高く上げて、左手でこうやって強く押さえておきな。そこまで傷は深くないようだし、血もすぐ止まるだろ。そうしたら絆創膏を貼っときゃいい」

「はい、すみません。手当てがすんだらすぐに手伝います」

「いいや。今日はもう、あんたはいいよ」

わたしはぽかんとした。

え？　今、もういい、って言われたの？

「あの、わたし平気です。少し切っただけだし、お手伝いできます」

「あんたが平気かどうかって話じゃない。手に傷があるやつを、調理に関わらせることはできないんだ。傷口に食中毒の原因になる菌がいるかもしれないからね」

食中毒。料理ノートに赤字で書いたのを思い出す。がみババ先生の事前指導で、絶対に起こしてはいけないものだと教わった。いざというときのための保険には入っているけれど、食中毒を出した時点で地域食堂への信頼は失われ、最悪の場合は活動を続けられなくなるかもしれない、と。

「それなら、ずっとゴム手袋をしていれば、傷口はどこにも触れないですよね？」

あきらめきれず、わたしは聞いた。せっかく調理補助としてボランティアに参加したのに、このままじゃ半分も活動できずに終わってしまう。

でも、がみババ先生は首を横に振った。

「だめだ。作業内容が変わるたびにゴム手袋は交換しなきゃならない。そのときにうっかりってこともあるだろ。あんたの行動をいちいち見張りながら調理する余裕は、今日はないんだよ」

「でも」

「いいかげんにしな」

ぴしゃりと、がみババ先生が低い声で言った。

「あんたとジャムを作ったときに、あたしが言ったことを覚えてるかい？」

光ちゃんのおばあちゃんの木からブルーベリーを摘んで、銀色の台所でくつくつ煮た。ジャムを入れるびんも煮て消毒したりと、大変だったあのとき。

わたしはうつむいた。もちろん、覚えている。料理ノートにもしっかり書いた。

がみババ先生は、こう言ったんだ。

「……食べる人が安心して食べられるように、安全に、衛生的に料理をするのが、料理の基本中の基本だ、って」

「そのとおり。なら、あんたがどうすべきかわかるね？」

がみババ先生は腕組みをして、これまでいちばん厳しいまなざしでわたしを見下ろす。うなだれたままでいると、出入り口に向かって背中をどんと押された。

「ほれ、そこに突っ立ってたらじゃまだよ。あっちの部屋でしばらく座って休んでな」

目の前で、ぴしゃりと台所の戸が閉まった。

ああ、やっちゃった。

台所から閉め出されたわたしは、建物の中をうろうろして、縁側の隅っこに座った。ここならみんなの作業のじゃまにならなくてすみそうだ。

ずきずき痛む中指を押さえてじっとしていると、ため息がこぼれた。

サリタちゃんといっしょにがんばりたかった。

料理でだれかの役に立ちたかった。

なのに、肝心なところで失敗しちゃうなんて。胸の中がみるみる曇って、今にも雨が降りそうだ。ひざに顔をうずめて、目をきつく閉じていると、

「どうした？」

声をかけられて、はっとした。少し色あせた青いエプロンが、すぐそばで揺れている。顔を上げると、スタッフのお兄さんと目が合った。

「あの、指を切っちゃったんです」

「ああ、ちょい待ってて」

お兄さんはどこからか救急箱を持ってくると、わたしのとなりに座った。

「血、止まった？」

そっと、ふきんを外してみる。指に切れ目が見えて、うっ、となったけれど、血はもう出てこ

ない。お兄さんは傷口を確認して、絆創膏を貼ってくれた。

「ごめんなさい」

「は？　何が？」

「迷惑をかけちゃったので」

「絆創膏貼っただけで迷惑？　変わってるな」

「このけがのせいで、調理補助ができなくなっちゃったし」

「そんなんで世界の終わりみたいな顔すんなって。別に、特売の野菜を冷蔵庫で腐らせたわけじゃあるまいし」

自分で言って思い出してしまったのか、「あれはマジでへこむ」とお兄さんが手で目を覆う。本気でがっかりしている様子を見たら、ちょっと笑いそうになった。

「とりあえず、台所のほうは心配しないでいい。おれが代わりにやる」

「え、料理、できるんですか？」

「まあそれなりに」

料理の腕はともかく、お兄さんはがみババ先生といっしょに台所に立てるのだろうか。がみババ先生のがみがみに、ショックを受けないといいけど。

「ごめんなさい、また、迷惑かけて」

「ごめんはいらない」

「あ、ありがとうございます」

お兄さんはうなずくと、首から下げていたタオルをきゅっと頭に巻いて、台所のほうへすたすた歩いていった。

なんだか、マイペースな感じのお兄さんだ。わたしの作業をお兄さんが代わってくれるなら、お兄さんのやるはずだった作業は、わたしがきちんとやろう。

がみババ先生はわたしに聞いた。「やると言った以上、最後まで責任を持ってきっちりやり遂げる。その覚悟はあんのかい？」と。それに対して、わたしは「あります」と答えた。

だから最後までしっかり、わたしにできることをするんだ。

十時半を過ぎたころから、お客さんがぽつぽつやってきた。

「二名様ごあんなーい！」と、受付から声が届く。座布団に腰を下ろしたお客さんに、わたしはお盆にのせた麦茶を運んだ。

「い、いらっしゃいませ」

いつもは言われるほうの言葉を口にするのは、慣れないし照れくさい。でも、お客さんがにこっとしてくれると、それだけで麦茶を出す手の震えが止まる。

食事が始まるのは十一時半からだけど、それまでのあいだお茶を飲みながらお客さん同士でおしゃべりをしたり、おかしを食べて遊んだりできるように、早めにオープンしているそうだ。トランプやかるた、オセロや将棋セットの準備もある。

「要ちゃん、麦茶が少なくなっている人がいたら注いであげてくれる？」

「あ、はいっ」

スタッフのおばさんから麦茶入りのポットを受け取り、わたしはテーブルを見て回った。

ここの古民家は部屋同士がつながっていて、それぞれの部屋を仕切っているふすまを開ければ、かなり広々と利用できる。どの部屋も和室だけど、畳に座るのがつらい人に使ってもらえるように、テーブルといすも一セット置いてある。

時間が経つにつれて、室内がだんだんにぎやかになってきた。

一人で来たおじいさんやおばあさん、小さい子を連れたお母さんたち。友だち同士で来たらしい子もいる。それぞれのテーブルに置かれたおかしに、まず手を伸ばしている人もいる。

うん、今のところ、問題はないかな。

ボランティアの仕事は、調理補助以外にもたくさんあった。受け付けの済んだお客さんをテーブルへ案内したり、麦茶やおかしを出したり、合間にテーブルを拭いたり。ときどき、お客さんとお話をしたり。

ぱたぱた動き回っていると、

「こんにちはーっ」

元気な声が聞こえてきて、わたしは小走りで入り口へ向かった。

「光ちゃん！」

「要ちゃん、来たよー」

光ちゃんがひらひら手を振る。そのとなりには、お兄さんの陽さんの姿もあった。陽さんはわたしと同じ中学校の三年生で、話したことはないけれど、校内で何度か見かけたことはある。いつもにこにこしている穏やかそうな先輩で、すごく頭がいいといううわさだ。

「光ちゃん、部活は？」

「ここに来てみたかったから今日は休んだ。陽兄ちゃんもひまそうにしてたから、ついでに連れてきちゃった」

「ついでについてきました。おじゃましまーす」

と、陽さんがのんびり笑う。

「いちばん上のお兄さんは？」

「ああ、天兄ちゃん？　知らなーい。なんか用事があるっぽくて、一人でさっさとどっか行っちゃった。そんなことより、どう？　ボランティアはうまくいってる？」

「ちょっと指を切っちゃったけど、だいじょうぶ。今は調理補助以外のことを手伝ってるよ」

二人をテーブルに案内して、麦茶を出す。

「ここに出てるおかしもよかったら食べてね。ごはんまではもうしばらく時間があるけど、それまで自由に過ごしてて」

「うん。ありがとう」

さっそくおかしに手を伸ばしながら、光ちゃんは室内を見回した。

「もうだいぶ人が来てるんだね。十人以上いるんじゃない？　小学生くらいの子も多いし」

「そうだね、夏休みだから多くなるんじゃないかって、責任者の人も予想してたみたい」

光ちゃんの向かい側で、陽さんがうんうんとうなずく。

「夏休み中のお昼ごはんって、けっこう大変だもんね。うちもそうめんとカップ麺ばっかり食べてたときあったし」

「ここの地域食堂が、あのころもあればよかったよね」

光ちゃんが言うと、陽さんは「うーん」と首をかしげた。

「あのころって僕たち小学生だったし、ここまで来るのはちょっと大変だったと思うよ。やっぱり家の近くにないと、気軽には利用できないんじゃないかなあ」

たしかに、と思った。知らない人だらけの場所でごはんを食べる、それだけでもハードルが高いのに、その場所が遠かったら、なかなか利用しようとは思えないかもしれない。

「でもこれからは、来たかったらここに来ていいんだもんね。今日のお昼ごはんも楽しみっ」

「うん、楽しみにしててね」

麦茶のポットを手に取ったら、中身が少ない。補充してもらいに台所に行くと、ぶわっと熱気が押し寄せてきた。こもった暑さの中で、サリタちゃんはせっせとコロッケに衣をつけていて、さっき絆創膏を貼ってくれたお兄さんは、コンロの前でからあげをてきぱき揚げている。がみババ先生は炊き上がったごはんをしゃもじで混ぜていた。

「おや、補充だね」

がみババ先生が気づいて、大きなやかんからポットに麦茶を注いでくれる。

「そっちは順調かい」

「はい、今のところ特にトラブルはないです」

「そうかい。こっちも予定どおりに作り終わりそうだ。配膳のときはあんたにも頼むよ」

「はい」

うなずいて、台所を出ようとしたとき、

「うるさいなあ、いいって言ってるじゃん！」

高く鋭い声が響いた。家の中全体が一瞬、しんと静まる。

いったいどうしたんだろう。声のしたほうを見に行くと、部屋の隅に女の子が一人、ひざを抱えて座っていた。

「……桜ちゃん?」

石川さんの孫の、桜ちゃんだ。向かいにかがんでいる石川さんを、桜ちゃんはきつくにらみつけている。

「でもほら、せっかくお友だちがたくさん来てるんだし、桜も一人でいないでいっしょに遊んだらどうだい」

「だから、いやって言ってるでしょ。ここのだれも友だちじゃないし、わたしは別に遊びに来たんじゃないから。お母さんが行け行けうるさいから来ただけなんだから」

「じゃあ、ちょっとお手伝いでもしてみるかい? テーブルを拭いたりとか」

「なんでここに来てお手伝いなんかしなきゃいけないの?」

はだしの足の裏で、何度も畳を蹴る。桜ちゃんの言いぶんに、それはそうだと思った。ごはんを食べに来たところでお手伝いなんかしたくない子もいるだろうし、声をかけられたくない子も、一人で静かにしているのが好きな子だっている。年の近い子たちをひとまとめに『お友だち』にされるのも、しんどい。

「もうやだ、ほんとやだ。家に帰りたい」

ぐずりながら、桜ちゃんがくり返す。石川さんはすっかり困り果てているし、わたしもどうしたらいいのかわからない。おたおたしていると、

「ないてる」

と、後ろからエプロンを軽く引っ張られた。

「あれ、サリタちゃん、いつのまに」

「おんなのこ、こえ、おおきいだった」

桜ちゃんの声でＳＯＳを察知して、サリタちゃんは台所からかけつけたんだ。放っておけないよ、と黒い瞳が訴える。ネパールでもきっとこうして、自分より小さな子たちを思いやっていたんだろうなって、わかる。

「行こう」

二人で桜ちゃんに歩み寄り、となりにそっと座る。サリタちゃんは桜ちゃんの背中に手のひらをあて、やさしくさすった。

「え、わ、何?」

桜ちゃんは警戒して、しばらくわたしたちをにらんでいたけれど、

「……こっちのお姉さんは、外国人?　日本語しゃべれる?」

「すこし」

「へー……。名前は？」

「サリタ・アディカリ」

サリタちゃんに興味を持ったのか、「何人？」「何歳？」と、ぽつぽつ口を開いた。話すうちに少し落ち着いたようだけれど、桜ちゃんの表情はまだかたいし、体もちぢこまったままだ。

何か、桜ちゃんと三人でいっしょにできることはないかな。桜ちゃんの気持ちがほぐれるようなこと。遊ぶのでも、お手伝いでもない、楽しいこと。

少し離れたところから、光ちゃんと陽さんがわたしたちを見守っている。光ちゃんの口が、「がんばれ」と動く。

うなずいて、桜ちゃんに視線を戻す。ぎゅっと握られた小さな手を見て、思い出した。

――そうだ！

「桜ちゃん、いっしょにフライパンクッキーを作らない？」

初めて会ったとき、わたしがギョウザパーティーをすると話したら、桜ちゃんは「パーティー、いいな」とどこかさびしそうに言った。みんなでわいわい何かをするのが、本当は好きなのかもしれない。

あの日はむりだったけど、今日なら。

「フライパン、クッキー？　何それ変なの」

「フライパンで焼くクッキーなの。ホットケーキミックスの粉で、かんたんに作れて、おいしいんだよ。道具もほとんどいらなくて、片づけも楽ちんで、楽しくて」

必死に言葉を重ねるわたしを見て、ふうん、と桜ちゃんがうなずく。

「それなら作ってみてもいいよ。だけど、できるの？」

「え？」

「お姉さん、手、けがしてるじゃん。それでもできるのかって聞いてるの」

そうだ、うっかりしていた。クッキー作りを提案した本人が、食材に触れられないんだ。

でも、だいじょうぶ。わたしは桜ちゃんに笑いかけた。

「できるよ。サリタちゃんがいるから」

手を伸ばして、サリタちゃんの肩に触れる。

「サリタちゃん、クッキー作りを、助けてくれる？　わたし、右手が使えないから」

「うん。たすける、できる」

まかせて、というように胸に手を当てる。頼もしいお姉さんの顔になったサリタちゃんに、わたしは安心してうなずいた。

「ありがとう。じゃあ、材料と道具を準備するね、ちょっと待ってて」

ホットケーキミックスは、わたしが家から持ってきたものがある。卵は、ツナカレーコロッケに使ったあまりがありそうだった。砂糖はからあげに使って、まだじゅうぶんに残っていたし、バターは……。

「あっ、だめだ、バターが足りない！」

今日の料理でバターを使うものはなかった。石川さんに確認したけれど、やはり準備していないそうだ。

ああ、わたしのばか。せっかく桜ちゃんが乗り気になってくれたのに。

頭を抱えたとき、

「はーい。僕、いいこと思いついたよー」

おっとりとした声に振り向くと、陽さんが授業中のように手を上げている。

「バターって、要は油でしょ？　ちょっと香りは変わっちゃうけど、サラダ油とかで代用できたりするんじゃない？」

石川さんが「なるほど」と手を叩いた。

「そうか、そうですよね。サラダ油は揚げものに使いましたが、まだ残りがあるはずです」

「わかりました、見てきます」

わたしはすぐさま台所へ走った。がみババ先生に状況を説明して、クッキー作りをしたいから材料がほしいと伝えると、がみババ先生の眉間にぐっとしわが寄った。

「あんたね、予定にないことを勝手に始めようとするんじゃないよ。周りにも迷惑だろう」

「ごめんなさい。でも、桜ちゃんにも楽しんでほしくて」

「ここは学童や児童館じゃない。あくまでごはんを食べる場所なんだ。ちびどものわがままにいちいち対応してたらキリがないし、それを当たり前に求められるようになるのも困るんだよ」

ぴしりとがみババ先生が言い放つ。その言葉の正しさは、わかる。わたしのしようとしていることは、大人から見ればはた迷惑な自己満足なのかもしれない。

でも。

「クッキー、みんなでいっしょに作りたいんです」

桜ちゃんが抱えている不安や心細さ、さびしさ。それと似たものをわたしも知っている。だからこそ今、いっしょに料理を作って、食べて、話をしたい。

わたしが、そうしてもらったように。

「ここに来てくれた人を、だれ一人、一人ぼっちみたいな気持ちにさせたくないです」

がみババ先生と視線がぶつかる。ごめんなさいやっぱりやめます、飛び出しそうになる一言を飲みこんで、全身に力を入れる。

やがて、がみババ先生はふっと息を吐いた。

「……ったく、仕方ないね。あんたは決して食材に触れず、指示をするだけ。実際に手を動かして作るのはサリタ。それを絶対に守ること。桜にも手洗いをさせて、マスクとゴム手袋を着けさせるんだよ」

「はいっ、ありがとうございます。あの、台所のほうはだいじょうぶですか?」

「なんだい今さら。こっちはあと少しで全部作り終わる。盛りつけなら二人で間に合うし、心配ご無用だよ」

がみババ先生の後ろで、レタスをちぎっていたお兄さんが親指を立てる。わたしはうなずいて、必要な道具や材料を準備すると、桜ちゃんたちがいるテーブルに戻った。

今だけはここを、わたしたちの台所にするんだ。

「はいはーい、わたしもクッキー作りたーい」

と、光ちゃんもやってくる。光ちゃんと桜ちゃんには先によく手を洗ってもらい、がみババ先生に言われたとおりにマスクとゴム手袋も着けてもらった。

「じゃあ始めようか。まずはホットケーキミックスの粉を量って、ビニール袋に入れてね」

三人は真剣な表情で、ビニールの保存袋に材料をそれぞれ量って入れる。ホットケーキミックスの粉、砂糖、卵。

バターの代わりのサラダ油は、どのくらいの量を加えればいいんだろう?　バターと同じ量でいいのかな。

「ええと……」

「粉が百グラムなら、油は大さじ二ってところだね」

まるで天の声のように、がみババ先生の声が降ってきた。検食中の石川さんの代わりに、わたしたちの様子を見に来たようだ。

「がみババ先生は、油を使ってクッキーを作ったことがあるんですか？」

「ああ、あるよ」

「バターが高くて買えないときなんかに、サラダ油を代わりに使ったりしますものねえ」

近くのテーブルからわたしたちを見ていたおばあさんが会話に加わる。

「オレは、小麦粉に砂糖を入れて水で溶いて、フライパンでうすーく焼いたやつを、よく母ちゃんに作ってもらって食べたもんだよ。あれもなかなかうまいんだ」

別のテーブルにいたおじいさんも、なつかしそうに目を細める。

わたしは助言のとおりに、サラダ油大さじ二杯をそれぞれの袋に加えてもらった。

「これで、全部の材料が袋に入ったよ。あとは袋の口を閉じて手でよくもんで、形を作ってフライパンで焼くだけ」

「わ、本当にかんたん」

「オーブンがなくても作れるし、洗いものが少なくて済むのもいいですね」

小さい子を抱っこした二人の女の人が、そろって目を丸くする。

そうなんです、と言おうとしたとき、

「つまんなーい」

桜ちゃんが声を上げた。

「え、つまんない？　かんたんすぎる？」

「そうじゃない。この三つの袋、みんな同じ味でしょ？　それがつまんないの。味、変えたい」

そう言われても。でもここでむりだと言ったら、桜ちゃんをがっかりさせてしまう。とっさにがみババ先生を見上げると、無言でにやりと笑われた。あたしゃそこまで手を出さないよ、自分でどうにかしな。そんな声が頭に直接聞こえてくる。

「あ、そうだ。わたしが持ってきたブルーベリージャムがあるんだけど、焼き上がったクッキーの上に塗るのはどう？」

「うん、いいんじゃない。で、あともう一種類は？」

「ええと、クッキー二種類じゃ、いや？」

「いや」

わたしは再び頭を抱えた。いつのまにかわたしたちの周りに集まっていたお客さんたちも、心配そうに成りゆきを見守っている。

光ちゃんがわたしにそっと耳打ちした。

「いっそ、しょうゆとかみそとか入れてみる？　和風クッキーってことにしてさ」

「それはなんていうか……もはやおせんべいだね」

サリタちゃんは作業を止めたわたしたちを見て、ふしぎそうな顔をした。

「なに？　なに？」

「三つ、同じ味は、つまらないって」

それぞれのビニール袋(ぶくろ)を指差して説明すると、サリタちゃんはじっと手元を見つめた。そして立ち上がると、自分のバッグを持ってきて、中から銀色の丸い容器(ようき)を取り出した。

「そのケース、今日も持ってきてたんだね」

「うん。りょうりに、たいせつ」

まるで相棒(あいぼう)にあいさつするように、サリタちゃんはスパイスボックスの表面をなでる。

「これ、つかう」

「え、クッキーに？　スパイスを使うの？」

おかしとスパイスの組み合わせは、日本人のわたしたちにはあまりなじみがない。どのスパイスをどのくらい使うのか、わたしには予想もつかないけど……。

でも、サリタちゃんなら。

「サリタちゃん、お願い」

サリタちゃんは首を左右に揺らすと、ボックスのふたを開けた。小さなカップに入った色鮮やかなスパイスたちが現れて、わたしの横からがみババ先生が身を乗り出す。

「へえ、きれいなもんだ。その中の、どのスパイスを、クッキーに使うんだい？」

スパイスボックスとクッキーを交互に指差して、がみババ先生がサリタちゃんにたずねる。サリタちゃんは少し考えて、七つあるスパイスのうち、三つのカップを取り出した。その一つ一つをがみババ先生は手に取り、香りを確かめる。

「なるほど。シナモンに、ジンジャーに、カルダモンか。ペッパルカーコルみたいなものかね」

「ぺっぱるかーこる？」

「ああ。スウェーデンでクリスマスなんかに食べられる、伝統のおかしだよ。ジンジャーブレッドとか、スパイスクッキーとも呼ばれる。それにサリタが選んだスパイスが使われてるのさ」

「ねえ、なんでもいいけど、味変えるなら早く変えてよ」

しびれを切らしたように、桜ちゃんが自分のビニール袋を突き出した。サリタちゃんは微笑むと、三種類のスパイスをスプーンですくって中にさらさらと振り入れる。

「あ、なんか、すーっとしたにおいがする」

光ちゃんが大きく深呼吸する。桜ちゃんはテストをするような難しい表情で、袋の中のにおいをかいだ。

「うん、オーケー。この三種類でいいよ」

桜ちゃんのお許しが出て、わたしたちは胸をなでおろした。サリタちゃんが宝物をわけてくれたおかげだ。

「ありがとう。サリタちゃん、すごいね」

「おおい」

「え？」

「おおいになった」

サリタちゃんが指差したほうを見て、びっくりした。別の場所で遊んでいた子たちが、いつのまにかわたしたちの近くに集まっている。

「ねえねえねえ、おれもやりたい」

「わたしも。家でクッキー作ったことあるから、できるよ」

わ、いっしょにやりたいけど、どうしよう。桜ちゃんは「いいんじゃない。仲間に入れてやれば」と、笑いをこらえるように口元をむずむずさせてる。

がみババ先生はわたしたちを見回し、天を仰いだ。

「ったく、こうなると思ったよ。さあ、クッキーを作りたい子は手をよーく洗ってきなっ。ゴム手袋とマスクもするんだよっ」

そう言って大きく手を打ち鳴らすと、集まっていた子たちが一斉に手洗い場へ走る。気づけば、わたしたちのいるテーブルにほとんどのお客さんが集合していた。こんなに多くの視線を浴びるのは、わたしの人生で初めてだ。

もじもじしていると、サリタちゃんがわたしの顔をのぞきこんだ。だいじょうぶだよ、と言うみたいに、首を軽く左右に揺らす。

わたしはうなずいて、すうっと深呼吸した。

「それでは、袋を持っている人は、袋の上から生地をもんで、ひとかたまりにしてください」

光ちゃんは数回生地をもむと、となりの子に袋を回した。それを見たサリタちゃんと桜ちゃんも、光ちゃんにならう。バトンのように、となりの人へ、そのまたとなりの人へと、クッキー生地が受け渡されていく。

「次は、まとめた生地をクッキー一枚ぶんずつちぎります。手の中でくるくるっとおだんごにしたら、それを上から手のひらでぎゅっと押して、平たくします」

ジェスチャーを加えながら説明していると、サリタちゃんが実際にやってみせてくれた。

ちょっとちぎった生地が多かったけれど、きれいな形をした丸がお皿に並んだ。

クッキー作りで楽しいのは、形を作るところだと思う。一人二枚ずつクッキーを成形してもらうと、丸以外にもいろいろな形がみんなの手から生まれた。星や花、鳥、猫に車に、飛行機。桜ちゃんはハートを作って「これは当たりのぶん」と笑った。焼いているうちに形がくずれてしまいそうなものもあるけど、楽しそうだから止めないでおこう。

「ねえねえ、ようじでクッキーに顔描いてもいい？」

「うん、いいよ」

「クッキーの厚さはこのくらい？」

「あ、もうちょっと薄いほうが、火が通りやすいかな」

ときどき質問に答えながら、みんなの手元を見守る。一人一人が形にしたクッキーは、わたしとサリタちゃん、そして桜ちゃんが代表で焼くことにした。

台所では、石川さんとお兄さんがプラスチックのお弁当ケースに、盛りつけをしている最中だった。わたしたちは二人の邪魔にならないよう気をつけながら、コンロでクッキーを焼かせてもらった。まずは、スパイス入りのクッキーから。

「弱い火で、焼いてね。ときどき、クッキーを、裏返して」

「わかった」

サリタちゃんがクッキーをフライパンに並べていくのを、桜ちゃんが背伸びして見つめる。しばらくすると、甘くてかすかにスパイシーなにおいが、台所にふわふわと漂い始めた。

準備した生地をすべて焼き終えて、台所にいる全員にスパイスクッキーを味見してもらう。いちばんに手を伸ばした桜ちゃんは一口かじるなり、

「おいしいっ」

ぱっと顔を輝かせた。

「なんか大人っぽい、特別な味がする！　ね、おじいちゃん！」

「うん、うん。これはおじいちゃんも食べたことがないよ。おいしいねえ」

石川さんが目を細める。がみババ先生は「うん、まあまあだね」とうなずき、お兄さんは「初めて食う味」とクッキーをものめずらしそうにながめた。

少しいびつな丸のクッキーを、わたしも一口食べてみる。表面がさくっと割れて、スパイスが鮮やかに香る。中はしっとりしていて、やさしい甘さに頰がゆるんだ。

サリタちゃんも一枚食べると、

「ミトチャ」

と、聞き慣れない言葉を口にした。

「み？　みとちゃ？」

「ミトチャ。ネパールごは、おいしい」

「へえ、そうなんだね。ミトチャ、ミトチャ」

「おい、そこの二人。先にミトチャな昼飯をみんなに食べてもらうんだから、とっとと運ぶよ」

がみババ先生の指示が飛ぶ。クッキーは無事完成したけれど、ボランティアの仕事はまだ途中だ。返事をして料理を運ぼうとしたとき、サリタちゃんがわたしの腕をつついた。

「かなめのクッキー、ミトチャ。はじめても、これも、いつも」

「え？」

「だいすき」

涼やかに言って、サリタちゃんは笑った。日差しの中で、大きく花が開くように。


予定どおりの十一時半に、昼食の時間は始まった。

検食の結果も問題なく、わたしはスタッフさんたちといっしょに、お弁当の容器につめたお昼ごはんを配った。汁物は紙コップに注いで手渡して、割り箸かフォークをお客さんに選んでもらう。お箸が苦手な人でも、落ち着いて食べられるように。

テーブルで食べる人もいるし、何人かは廊下に座ってお弁当を食べていた。ここの廊下は庭に面していて、ちょっとしたピクニック気分で食べられるのが楽しいみたいだ。

お弁当タイプはあと片づけが楽でいいな、としか思っていなかったけど、食べる人にとってもいい面があるんだと気づいた。今は気温が高くて食べものが傷みやすいから、お弁当の持ち帰り

はお断りしているけれど、もう少し涼しくなったら対応したいと石川さんが言っていた。

お弁当を食べ終わる人がちらほら出てきたところで、がみババ先生が目で合図する。わたしはうなずいて、サリタちゃんといっしょにクッキーをテーブルに運んだ。

「うわっ、おいしそー」

「おれの、おれの象、どこ？　あっ、鼻がないっ」

さっそく、クッキー作りを手伝ってくれた子たちが集まってくる。焼いているうちに一部が欠けたり、ふくらみすぎて形が変わったりしてしまったけれど、一口食べると、

「おいしい！」

と、みんな声をそろえた。

ほかのお客さんたちにもクッキーを食べてもらえるように、小皿にのせて各テーブルに置いた。大人のお客さんには、スパイスクッキーがいちばん好評だった。

お弁当を運んだり、テーブルを片づけたりする合間に、サリタちゃんは話しかけてきた子にネパール語を披露したり、スパイスに興味を持ったらしいおじいさんやおばあさんに、持ってきたスパイスを見せてあげたりしていた。人に囲まれたサリタちゃんは少し緊張気味だったけれど、たくさん水をもらった植物のようにいきいきしていた。

「どうも、ごちそうさまでした」

「おいしかったですよ。どうもありがとうねえ」

「はいっ、ありがとうございます」

お客さんの中には、帰り際に声をかけてくれる人もいるし、時間がある人はかんたんなアンケートに記入をしていってくれた。黙って食べて、すっと帰っていく人もいた。

「うれしいよなあ」

手を振ってお客さんを見送りながら、スタッフのおじさんが言った。

「はい。おいしいって言ってもらえると、作ってよかったって思います」

「そうだな。でも何も言われなくても、お客さんが腹を満たして帰ってくれりゃあ、それがいちばんだよ」

まるで自分のおなかが満たされたように、おじさんは笑った。『おいしい』『ごちそうさま』を聞けると、すごくうれしい。でも、この食堂でそれ以上に大切なのは、来てくれた人が『おいしかった』って気持ちをおなかで持って帰ってくれることなんだと思う。

お昼の時間は、一時半まで。一時を過ぎると新しく来る人はほとんどいなくて、中で食べている人も少なくなった。お弁当もクッキーも、作ったぶんはすべてなくなりそうだ。

「要ちゃん、またねー」

「次はクレープ作りたいな。ばいばーい」

出入り口で、帰っていく子たちを見送る。光ちゃんは別れ際に、わたしのゴム手袋をしていないほうの手をきゅっと握った。

「要ちゃん、ごはんもクッキーも、すっごくおいしかったよ。ごちそうさま」

「ごはんのほうは、なんだかやけに舌になじむ味だった。当たり前かな」

陽さんは台所のほうを見てくすりと笑い、「ごちそうさまでした」と両手を合わせた。

桜ちゃんは、サリタちゃんに何度も「また来る？」と聞いていた。逆にわたしが「桜ちゃんはまた来る？」とたずねると、

「そんなのわかんないよ」

と、口をとがらせた。

「また来るかもしれないし、来ないかもしれない。だけど、来るかもって気持ちのほうが強い。一パーセントだけね」

石川さんはそんな桜ちゃんをうれしそうに見守っていた。口にはしないけど、石川さんは桜ちゃんのためにも、この地域食堂を始めたかったんじゃないかな、と思った。

一時半を過ぎてお客さんが全員帰ると、食堂を閉めた。スタッフ全員であと片づけをして、お客さんの忘れものがないかも確認する。

あらかた片づけが済んだところで、わたしは台所を見に行った。中にはだれもいない。シンク

に残っていた水滴をふきんできれいに拭き上げて、ふちに両手をつく。

　目をつぶると、来てくれたお客さんたち一人一人の顔が思い浮かんだ。いっしょにがんばったスタッフさんたちや、サリタちゃんの姿も。

「お疲れかい？」

　突然の声におどろいて振り向くと、台所の入り口にがみババ先生が立っていた。

「ちょっとだけ、疲れました」

「まあ、あんだけ張り切りゃあ当然だね」

　がみババ先生が、ずかずかと大股で近づいてくる。がみがみを予感して、わたしは身構えた。

「食材を切りゃいいのに自分の指を切るし、調理補助を続けられなくてすねるし、予定にないおやつを客巻きこんで作っちまうし。まったく、場をかき回してくれたもんだよ」

　ごめんなさい、とあやまろうとしたわたしを、がみババ先生は手で制した。

「そのせいとは言わないが、来てくれた客たちは前回より満足してくれたように見えたよ。ちびどもは特にね」

「本当ですか？　よかった」

「あんたはどうだった？　ボランティアをやってみてさ」

「緊張したけど、楽しかったです。自分にもこんなことできるんだなって、びっくりで」

自分より年上の人たちに交ざって、作業をして。サリタちゃんに助けてもらいながら、知らない人たちの前でクッキーの作りかたを教えて。

どれも、今までのわたしにはできなかったことだ。

「なんだか、未知のレシピを見つけて料理を作ったような、そんな気分で」

がみババ先生は、ふっと口の端を上げた。

「そういえば、がみババ先生はどうして地域食堂を手伝おうと思ったんですか？」

「そんなの、自分のために決まってるだろう」

がみババ先生は即答した。

「自分のため？」

「ああ。腹空かしてるやつや、さびしくごはんを食べてるやつが近くにいるのに、自分だけうまいもん食べたって楽しくないんでね。それがいやだから動いただけさ」

そう言って、つんとそっぽを向く。なんてがみババ先生らしい理由だろう。くすくす笑っていると、あのお兄さんが台所にひょいと顔をのぞかせた。

「戸締まりまで終わったから、おれ先に帰る。お疲れーっす」

「ああ、お疲れさん」

「あっ、今日はありがとうございました」

お礼を言うと、お兄さんは軽く手を上げて、玄関のほうへ歩いていった。

「あの高校生のお兄さん、すごく料理の手際がよかったですね」

じっくりとは見ていないけど、揚げ物をする手つきや盛りつけの手早さで、ふだんから料理をする人なんだとすぐにわかった。

「ああ。あれはあたしの、最初の弟子みたいなもんだからね」

「最初の弟子？」

「あんたは会ったことなかったかい？ 光と陽の兄貴の、天だよ」

「えっ！ あのお兄さんが？」

そのときちょうど、窓の外をお兄さんが自転車で横切っていった。一度も後ろを振り向かず、その姿はあっという間に見えなくなる。

「……あの子も、一つのきっかけだったかもね」

天さんが走り去ったほうを見つめながら、がみババ先生は続けた。

「あたしが料理を教えたとき、天はまだ小六だったんだけどね、料理を作って食べる、その喜びを必ずだれかとわけあおうとしたんだ。家族とも友だちとも、知らない人とでさえも。あたしはそんなこと、特に教えちゃいないのにさ。そういう姿を見てきたから、あたしも何かしてみるかって気になっちまった」

うれしそうにも、少しくやしそうにも見える表情で、笑った。

がみババ先生は、天さんに料理を教えた。そして天さんは、その料理でがみババ先生を動かしたんだ。

二人のあいだでめぐるものを、思う。

同じものが、わたしとがみババ先生のあいだにも生まれていればいいなと、願う。

「天さんと、また会えるかな」

「ああ、きっとね。あたしらもそろそろ帰るよ。サリタも向こうで待ってる」

「はい。あのっ、ありがとうございました」

「あ？　なんだい急に」

「この夏、がみババ先生に料理を教わらなかったら、わたし、ここにいなかった。サリタちゃんは心を開いてくれなかったかもしれないし、光ちゃんともこんなに仲よくなれなかった。だから本当に、本当にありがとうございました」

心をこめて、最後のお礼を伝える。

すると、妙な沈黙が流れた。

「あんた、なんで卒業の空気出してんのさ」

「は？」

がみババ先生は盛大にあきれ顔をした。だって、料理教室は、夏休みのあいだだけのはずじゃあ……。

「まったく、あんたみたいな弟子を卒業させたらあたしの恥だよ。まずは包丁の扱いかたを基本からみっちりおさらいだ。当然、覚悟はできてるんだろうねえ？」

ドスのきいた声ですごまれる。でも、こわくない。代わりにおなかの底からこみ上げてくるのは、夏休みがもう一度始まるみたいなわくわくだ。

終わりじゃなかった。

わたしの料理ノートの残りのページは、余白のままでおしまいじゃなかった。

がみババ先生との料理教室は、これからも続くんだ！

「はいっ」

大きくうなずくと、がみババ先生はふんと鼻を鳴らした。

「ならよし。サリタも連れて、また店に来るんだね」

つっけんどんに言って、先に台所を出ていく。厳しさと誇りがにじむその背中を見たら、ふと、いつか聞いた話を思い出した。

台所には、神様がいるんだって。

家の火やかまどを守り清める、ちょっと厳しい神様がいて、台所を使う人たちを見守っているって。

サリタちゃんの台所にも、がみババ先生の台所にも、光ちゃんたちの台所にも、きっとそれぞれの神様がいるんだろう。

わたしの台所の神様は、目つきが鋭(するど)くて口の大きい、がみがみうるさい神様なのかもしれないな。

「……こわっ」

「ああ？　何か言ったかい」

わたしは首を振(ふ)り、がみババ先生のあとを追いかけた。

もしもそんな神様が台所にいるのなら、わたしにこれ以上こわいものなんて、この先、きっと何もない。

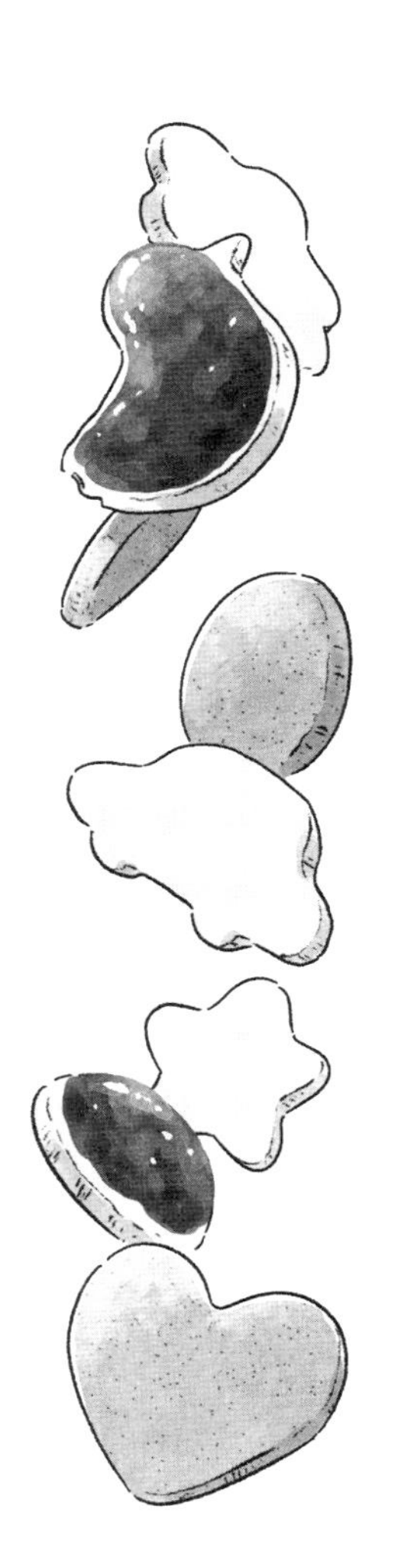

終章 チリ・チョコバター餅

「んもーっ、なんで年末までがみババにこき使われなきゃならないわけぇ？」

板チョコをがしがしとおろし金で削りながら、光ちゃんが声を上げた。

「さっきまでは掃除して、今度は料理ってさあ」

「なんか、タイミングの悪いときに来ちゃったね」

わたしは苦笑いして、手のひらサイズのお餅をさらに四つに切った。

今日は光ちゃんとサリタちゃんとわたしの三人で年内最後のあいさつをしようと、がみババ先生のお店を訪れた。すると、がみババ先生はわたしたちの顔を見るなり、

「おーやおやおや、いいところに来たねえ」

と、問答無用でわたしたちに掃除道具を握らせたのだ。逃げるわけにもいかず、仕方なく三人でお店の大掃除をして、今は銀色の台所でおやつを作らされている。

光ちゃんは不満そうだけど、台所にこうして集まって料理をするのは、やっぱり楽しい。

レモンをたっぷりしぼったサイダーみたいに刺激的だった夏休みが終わり、二学期が始まると、毎日はめまぐるしく過ぎていった。わたしは学校に行きながら、十日に一度はがみババ先生のお店に顔を出して料理を習い続けている。ときどきはサリタちゃんもいっしょに。

教室での居心地は相変わらずよくないけど、心は前ほど傷つかない。学校でのわたしだけがわたしじゃないんだって、今はそう思えるから。

地域食堂のボランティアも続けている。食堂の運営が落ち着いたら、小中学生のお客さん向けの料理レクリエーションも始まるそうだ。あの日、わたしの思いつきで行ったクッキー作りがアンケートで好評だったらしく、『楽しかった』『また何か作りたい』という声がたくさん届いた。その一通一通を、わたしとサリタちゃんは何度も、何度も読み返した。

「サリタ、そろそろ、フライパンに餅を入れな」

「はい」

わたしが切って電子レンジで軽く温めたお餅を、サリタちゃんがフライパンに投入した。溶けたバターが、じゅうう、と食欲をそそる音を立てる。

サリタちゃんは二学期からわたしと同じ中学に転入した。教室での授業はまだ休むことも多いけれど、個別の授業はしっかり受けているそうだ。心配だったお弁当も特にからかわれることはなく、担任の先生と献立を確認して、ときどきは給食も食べていると聞いた。

落ちこむことも、心細いときも、きっとまだまだあると思う。それでもサリタちゃんは、一歩ずつ前に進んでいる。

「よし、サリタ、火を止めて、餅を皿に移すんだ。光は削ったチョコレートを上からかけな」

「はいはーい。もう、たっぷりかけちゃうからね」

「あ、光ちゃん、歩くときはゆっくり……」

「だいじょうぶだいじょうぶ、ちゃんとテーピングしてるからそんな痛くないよ。ほら」

光ちゃんがひょいと右足を上げると、足首に巻かれた白いテープがのぞいた。サッカーの試合中に他の選手と強く接触してけがをして以来、捻挫がくせになってしまったそうだ。

せっかくレギュラーになれたのに、と光ちゃんは涙声でくやしがっていた。わたしは何も言えなかったけど、光ちゃんの話をいつでも、いつまでも聞こうって決めている。

焼きたてのお餅の上で、削ったチョコレートはみるみる溶けていく。早く食べたくて和室のちゃぶ台に運ぼうとすると、がみババ先生に止められた。

「最後の仕上げがまだだよ。サリタ、チリパウダーを、少しだけ上から振るんだ」

チリパウダーの入ったびんを手渡されたサリタちゃんは、そのびんをがみババ先生に返した。それからいつものスパイスボックスを持ってくると、中のチリパウダーをお餅の上にぱらりと落として、これでどう？　と目で聞く。

「ふん、自分のスパイスのほうがうまいってか。まあいい。これでチリ・チョコバター餅の完成だよ」

お餅の上で、とろけたバターとチョコレートがからみあい、つやつやと光っている。甘くぜいたくなにおいにうっとりしながら一口食べて、わたしはつい声をもらした。

「ううっ、罪深い味……！」

「くー、カロリーはおいしいね」

光ちゃんも身をよじる。お餅の表面はさくっとして香ばしく、バターの塩味とチョコレートの甘みが舌に広がり、チリパウダーがぴりりと味を引きしめる。太りそうだけど食べる手が止められない。サリタちゃんはお餅の食感がめずらしかったのか目を丸くしていたけれど、味を気に入ったのはすぐにわかった。サリタちゃんは本当においしいとき、先に口元が笑うから。

「ふふん、これはあたしからのちょっと早いお年玉さ。ありがたく味わいな」

「これがお年玉？　どう見ても餅じゃん」

「あんたも天と同じでものを知らないねえ。江戸時代のお年玉といえば、金じゃなくて餅だったんだよ」

「どうせなら令和のお年玉がいい」

「じゃあこのお年玉は没収だ」

二人のやり取りに笑いつつ、わたしたちがお餅をあらかた食べ終えたところで、がみババ先生はティーポットに紅茶を入れて持ってきてくれた。

「あー、食べた食べた。もう動きたくなーい」

光ちゃんはこたつにもぐりこんでスマートフォンをいじり、サリタちゃんはテレビを見つめる。がみババ先生はめがねをかけてレシピ本をめくり始めた。わたしはバッグを引き寄せて、中から新しいノートを取り出した。

今日で料理ノートは二冊目に突入する。真っ白な一ページ目を開き、チリ・チョコバター餅のレシピをメモしようとして、ふと手が止まった。くるくるとペンを回して、心に浮かんだ言葉を書きつける。

スパイスみたいな人になりたい。

一度書いて、少し悩んで、「なりたい」を二重線で消す。その上に「なる」と、ちょっと強気に書き直して納得した。これ以上、一ページ目にふさわしい言葉はないように思えた。

サリタちゃんとがみババ先生と出会って、料理にスパイスを使うようになった。そして知った。この世界に何百種類もあるスパイスは、どれも料理の主役にはならないけれど、その豊かな色と香りで、料理のおいしさを陰で支えていることを。時には薬にもなって、人の体にやさしく寄り添ってくれることも。

文字に触れると、トゲを含んだあの声がよみがえる。いつかのわたしを傷つけた言葉は、今のわたしが目指す姿だ。

みんなの『要』じゃなくていい。だれかの毎日を今よりも少しだけすこやかにおいしくする、その手伝いができる『スパイスみたいな』人に、わたしはなろうって思う。

しばらくして、窓の外に雪がちらつき始めた。光ちゃんは外をながめ、それからごろりと仰向けになって言った。

「あーあ、来年はどうなるのかな。いろいろ」

いろいろ、の中に含まれるものを思う。学校のこと、部活のこと、友だちのこと。不安も悩みも次から次へとやってきて、ままならない日々はこれからもきっと続くんだろう。

「困ったことをなんでも解決してくれちゃう、魔法みたいな料理があればいいのになー」

「魔法、かあ」

「はっ。そんなもんあってたまるか」

がみババ先生はにやりとした。

「魔法がないからこそ、人は料理をするんだよ。自分の手でうまいもの作って食べたり、こうしてだれかともわけあったりしながら、心と体をでっかく育てていく。そうやって作った自分で、一つ一つ体当たりしていくっきゃないのさ」

お説教は聞きたくなーい、と光ちゃんは腕(うで)をばたばたさせる。でもわたしには、ちょっとちがって聞こえた。

年齢(ねんれい)も国籍(こくせき)も超(こ)えて円陣(えんじん)を組んだ仲間への、がみババ先生流のエールだって思った。

「がみババ先生、紅茶(こうちゃ)、新しいのいれてきます」

すっくと立ち上がり、ティーポットを手に銀色の台所へ向かう。やかんでお湯をわかしていると、サリタちゃんがあとからやってきた。

「サリタちゃんも、いっしょにやる?」

「うん」

窓(まど)の外で、光ちゃんのおばあちゃんの木が揺(ゆ)れる。コンロの静かな火、やかんの口から立ち上る湯気。となりには、温かな血の通うわたしの友だち。

目を閉(と)じ、開ける。サリタちゃんと笑いあい、わたしは信じる。

台所は、今を生きるわたしたちの要だと。

装画　かわいちひろ
装幀　長﨑綾（next door design）

【参考文献】

『現地取材！　世界のくらし⑤　ネパール』吉田 忠正（文・写真）、藤倉 達郎、ジギャン・クマル・タパ（監修）――ポプラ社

『現代ネパールを知るための60章』日本ネパール協会（編）――明石書店

『ダルバートとネパール料理　ネパールカレーのテクニックとレシピ、食文化』本田 遼（著）――柴田書店

『いちばんやさしいスパイスの教科書』水野 仁輔（著）――パイ インターナショナル

『地域で愛される子ども食堂　つくり方・続け方』飯沼 直樹（著）――翔泳社

『つながり続ける　こども食堂』湯浅 誠（著）――中央公論新社

落合由佳（おちあい ゆか）

1984年、栃木県生まれ。東京都在住。法政大学卒業後、会社勤務などを経て、2016年、バドミントンに打ち込む中学生たちを描いた『マイナス・ヒーロー』で第57回講談社児童文学新人賞佳作に入選。翌年、同タイトルのデビュー作を出版した。他の著書に、『流星と稲妻』『スポーツのおはなし　バドミントン　まえむきダブルス！』『天の台所』など。

要の台所

2024年4月9日　第1刷発行

著者　落合由佳

発行者　森田浩章

発行所　株式会社講談社
〒112-8001
東京都文京区音羽2-12-21
電話　編集　03-5395-3535
　　　販売　03-5395-3625
　　　業務　03-5395-3615

印刷所　株式会社 精興社

製本所　株式会社 若林製本工場

本文データ制作　講談社デジタル製作

N.D.C. 913　223p　20cm　ISBN978-4-06-535296-0